AF176165

Rainer Bressler, Jurist im Ruhestand und Schriftsteller, geboren 1945, ist Schweizer und lebt in Zürich. In den Jahren 1980 bis 1993 profilierte er sich als Hörspielautor, dessen Hörspiele von Radio DRS produziert und ausgestrahlt wurden.

Bisherige Veröffentlichungen:

7 Hörspiele:

Tom Garner und Jamie Lester; Morgenkonzert; Folgen Sie mir, Madame; Aufruhr in Zürich; Nächst der Sonne; Geliebter / Geliebte; Gaukler der Nacht; Beinahe-Minuten-Krimi

Produziert und ausgestrahlt in den Jahren 1979 bis 1993

Geliebter / Geliebte. 8 Hörspiele, Karpos Verlag, Loznica 2008

Privatzeug 1856 bis 2012. Versuch einer Spurensuche, 5 Bände:

Spur 1 Reisen; Spur 2 Spielen; Spur 3 Schreiben; Spur 4 Dichten; Spur 5 Weben

BoD 2012 bis 2016

Pink Champagne, satirischer Roman, BoD 2020
Schattenkämpfe, Roman, BoD 2020
Kraut & Rüben, Kurzgeschichten, BoD 2020
Reise-Impressionen, Erzählungen, BoD 2020
Fenstersturz, Krimi-Satire, BoD 2020
Texturen, Krimi-Satire, BoD 2020
Axthieb, Krimi-Parodie, BoD 2021
Spassvogel, Krimi-Parodie, BoD 2022
Theaterstücke Band I bis …, BoD 2020/2

Rainer Bressler

Theaterstücke Band V

Quartett
der historischen
Überlebenskünstler

Henry Fuseli

VITA UND VIOLET

Cole Porter

Hans Günther B.

Vier Theater-Fantasien

© 2022 Rainer Bressler

Lektorat und Korrektorat: Rainer Bressler
www.rainerbressler.ch
Umschlagbild: Rainer Bressler, Vernetzungen, Zeichnung
1984 auf Landkarte

Herstellung und Verlag: BoD – Books on Demand,
Norderstedt

ISBN: 978-3-7557-9652-7

Bibliografische Information der Deutschen
Nationalbibliothek:
Die Deutsche Nationalbibliothek verzeichnet diese
Publikation in der Deutschen Nationalbibliografie;
detaillierte bibliografische Daten sind im Internet über
http://dnb.dnb.de abrufbar.

Im Zentrum dieser Fantasie in Form eines Theaterstücks über vergangene Zeiten steht ein Skandal, der 1919 die bessere Gesellschaft in London erschüttert hatte. Zwei in eine Liebesbeziehung eingelullte Frauen entfliehen aus ihren Ehen und wollen in Griechenland ein neues Leben beginnen. Sie werden von ihren Familien zurückgeholt und schaffen es danach dennoch, respektiert und in Würde zu überleben und weiterzuleben. Die Geschichte wird im Interesse einer intimen Anschaulichkeit jenseits der biografischen Fakten frei und offen nachempfunden, erfunden (die Nebenhandlungen, wie zum Beispiel die Person der Lizzy, die nicht der tatsächlichen Mutter von Violet, Alice Keppel, entspricht, oder die Vater-Sohn-Beziehung zwischen Harold und Nigel und die Geschichte um eine Regierungsratswahl) und erzählt. Die Liebesgeschichte basiert auf den tatsächlichen und dokumentierten (Nigel Nicolson, Portrait of a Marriage) Erlebnissen von Vita Sackville-West (1892 - 1962) und Violet Trefusis (1894 - 1972). Virginia Woolf porträtierte in ihrem Roman Orlando Vita Sackville-West und lässt Violet Trefusis darin als The Russian Princess auftreten. Dieser Stoff war bereits Gegenstand von Rainer Bresslers Hörspiel GELIEBTER / GELIEBTE, produziert und ausgestrahlt von Radio DRS 1989/90.

Das Stück ist frei zur Uraufführung.

VITA UND VIOLET

**Theater-Fantasie
mit historischem Hintergrund
in drei Akten**

Personen	Harold (30/60)
	Nigel (3)
	Nigel (30)
	Vita (Ehefrau von Harold)
	Denys
	Violet (Ehefrau von Denys)
	Lizzy (Mutter von Violet)
	Wirtin
Ort	Wohnhaus von Harold und Vita (im Laufe von 30 Jahren), öffentliche, aber auch weniger öffentliche Orte und Erinnerungsräume
Zeit	Jüngere Vergangenheit

A child grows in its father's shadow. The deepest voice in the house is law. There's no escape from this dictatorship of the spirit. Everything is done to please one man, one demi-god, loved, feared, occasionally hated, but all for the same reason. Almost one third of the average life is spent in this colonial status, preparing painfully for an independence, which still seems quite unreal.

> Peter Ustinov, Photo Finish. An Adventure in Biographie in Three Acts, Heinemann London 1962, S. 57 ff.

Erster Akt

Erstes Bild

Vita, Harold (30)

Im Haus von Harold und Vita. Harold ist am Telefon.

Harold   Hoppla. Mit dieser Frage erwischst du mich unvorbereitet. Sag mal, es ist ein Witz? Nein? Wer mich liest, weiss, dass ich mit den Liberaldemokraten nichts am Hut habe. Halt, halt, ich lasse mich politisch nicht einordnen. Richtig. Die rote Baronin kommt genau so oft dran, wie deine Parteispitze. Selbstverständlich interessiert mich Politik. Nein, Berührungsängste kenne ich nicht. Selbstverständlich kenne ich das Parteiprogramm der Liberaldemokraten. Nun ja, wie ich bereits deutlich sagte … Parteiprogramme interessieren mich nicht sonderlich. Weisst du, weiss deine Parteispitze, welches Gerede es gibt, wenn ich ausgerechnet … Ach, darum geht es. Ihr wollt ins Gerede kommen. Und dafür soll ich herhalten. Wer ist bloss auf diese Schnapsidee gekommen?! Obwohl, so ganz ohne ist sie nicht. Ich soll euch helfen, aus der Schmuddelecke des Rechtspopulismus rauszukommen. Wenn möglich in drei Jahren, bei den nächsten Wahlen, die rote Baronin aus der Regierung verdrängen und so die von ihr vorangetriebene und von euch bekämpfte Familienrechtsreform auf Eis legen. Ach, nein, nein, nein. Bloss so eine Idee. Selbstverständlich habt ihr noch nicht so weit nach vorne gedacht. Klar, ich schwöre dir hoch und heilig, diese Theorie werde ich in keiner meiner Kolumnen verbreiten. Ehrenwort! War bloss eine Idee. Ich meine, wer träumt nicht davon, der roten Baronin eins auf den Deckel zu geben. Nicht wegen der Reform des Familienrechts. Sie finde ich – jetzt wirst du mich hassen – notwendig und gut. Doch gegen diese Ikone, diesen Liebling der Nation anzutreten – ich meine, das ist eine reizvolle Herausforderung. Unter uns gesagt, sie sonnt sich zwar im Ruf extrem linke Positionen zu vertreten, doch ganz so links steht sie nicht. Versprochen! Ich halte meine Klappe. Kein Sterbenswörtchen. Meine Antwort?! Du, da muss ich erst mal drüber schlafen. Ich bin höchst erfolgreich als Kolumnist, als Journalist. Vita und ich bekommen gerade unser erstes Kind. Nein, nein, nein, nichts überstürzen. Ich schlage vor, wir treffen uns in ein paar Tagen zu einem Drink und begackern das Ganze noch einmal. Wie du bestimmt weisst, die rote Baronin, Lizzy von Hoogstraal, ist die Mutter der besten Freundin von Vita, meiner Frau, Violet. Ich fass es nicht! Und dein Vorschlag ist kein Witz?! Wir hören voneinander. *(hängt auf und bekommt einen neuen Anruf)* Ja. Hallo. Ein Sohn! Uhhh. So toll! Und Vita? Ich bin so glücklich. Der glücklichste Mensch auf Erden. Danke für die Mitteilung. Ich fliege, ich fliege. Mit ihrem Verbot, bei der Geburt dabei zu sein, hat Vita mich ganz schön nervös gemacht. Ich bin beinahe verzwatzelt. Gib Vita einen Kuss von mir. Ich werde gleich da sein. *(Hängt auf und ruft jemanden an)* Gratuliere! Du bist soeben Grossvater geworden. Dein Enkel heisst Nigel. Nigel. Nein. Mutter und Kind sind putzmunter. *(Ruft nochmals jemanden an)* Oliver, ich habe einen Sohn! Nigel. Mein Glück ist perfekt. Du, Oliver, bist der Erste, der es erfahren soll. Nein, nein, wo wäre ich ohne dich?! Ich bin ein Glückspilz: Vita, ein Sohn, das tolle Haus, das der Schwiegerpapa uns geschenkt hat, Erfolg im Beruf. Du solltest uns endlich besuchen. Ich möchte, dass du siehst, dass und wie ich es geschafft habe. Hättest du nie gedacht, wie?! Widerspruch, Widerspruch! Erstens habe ich immer Zeit für dich. Nein,

nein, Vita steckt nicht dahinter. Erstens, ich habe viel zu tun. Das gefällt mir. Mein Erfolg kommt nicht aus dem Nichts. Dass ich dich nicht ständig anrufen und sehen kann, sollte selbst dir einleuchten. Zweitens hat Vita nichts gegen dich. Sie weiss, wie sehr ich dir verbunden bin. Dass ich ohne dich … Und drittens, Vita ist anders, als du denkst. Sie ist nicht die arrogant-herablassende Zicke, als die sie in der Presse dargestellt wird. Man kann ihr nicht vorwerfen, dass sie eine Komtess ist und ihre Bücher dennoch an der Spitze der Bestsellerlisten stehen. Der Herr Schwiegerpapa ist rührend. Öffnet mir viele Türen. Lässt mich nicht spüren, dass ich von unten komme und ein Habenichts war. Nein, ich staple nicht tief. Es gibt nun mal Unterschiede in der Herkunft. Nimmst du es mir übel, dass ich nicht, wie du es dir ausgedacht hast, ein züchtiges Spiessertöchterlein geehelicht habe?! Ja, und stell dir vor. Nein, das musst du dir anhören. Derant hat mich angerufen. Ja, DER Derant. Von den Linksliberalen. Er will mich für die Liberaldemokraten keilen. Echt. Na, es macht Sinn. Sie wollen sich aus der Schmuddelecke des Nationalpopulismus rausschmuggeln. Was liegt da näher, als im Hinblick auf die nächsten Regierungswahlen sich den „berühmtesten" Kolumnisten und Freidenker des Landes unter den Nagel zu reissen. Ich soll als frischgebackener, strammer Liberaldemokrat in drei Jahren die rote Baronin aus der Regierung verdrängen und ihre Reform des Familienrechts torpedieren!

Am Horizont taucht Vita auf. Harold ist ausser sich vor Freude. Beendet das Telefongespräch. Stürzt auf sie zu, umarmt sie überschwänglich. Vita ist sehr schön, zeitlos sportlich und elegant gekleidet, mit Hut und Handschuhen. Sie ist eine unterkühlt scheinende Person. Entsprechend freut sie sich ebenfalls über Harold, ist aber von seinem Überschwang geniert. Wie von Zauberhand gesteuert fährt ein Kinderwagen mit dem neugeborenen Nigel vor. Beide beugen sich über den Kinderwagen.

Harold   Mein Sohn! Unser Sohn! Vita, wir haben einen Sohn! Nigel. Hallo Nigel! Nigel, ich bin so stolz auf dich. Du wirst ein heldenhafter Kämpfer werden.

Vita   Hauptsache, er ist gesund. Ein gesunder Nigel.

Der Kinderwagen rollt davon.

Vita   Die Nanny wird ihn wickeln.
Harold   Ja.

Zweites Bild

Vita, Harold (30), Nigel (3)

Im Haus von Harold und Vita. Nigel, als kleiner Junge von drei Jahren, sitzt in der Mitte eines grossen Raumes und spielt mit Hingabe mit seinem Spielzeughund. Von Zeit zu Zeit steht er auf und geht zum Kinderbettchen, in dem ein Baby schläft. Er streichelt das Baby, das wohlig gurrt. Nigel redet mit seinem Spielzeughund Kauderwelsch. Gleichzeitig öffnen sich je links und rechts Türen. Vita und Harold bleiben je in einem Türrahmen stehen, offensichtlich leicht verlegen, dass sie gleichzeitig die gleiche Idee gehabt hatten.

Vita	Wir müssen zusammen reden.
Harold	Ja.
Vita	Komm schon.
Harold	Komm du her.
Vita	Schiss, mein Reich zu betreten?! (*wütend*) Ich habe keine Zeit zu verplempern. Du hast ein Problem mit meinem Erfolg als Autorin!
Harold	(*giftig*) Ja. Jedes Mal, wenn du dich abschottest und die GROSSE AUTORIN spielst.
Vita	Das, ausgerechnet das wirft mir der Shooting-Star-Politiker an den Kopf, der ausser für seinen Wahlkampf für nichts mehr Zeit hat!!! Dieser STRAHLEMANN DER NATION!
Harold	Pas devant les enfants!
Vita	Wenn du deinen lahmen Arsch endlich rüberbewegst, können wir das Gespräch in Ruhe in meinem Studierzimmer weiterführen!
Harold	Du, ich muss in zwei Stunden meine Rede …!
Vita	(*hämisch grinsend*) Du kneifst. Ekelst dich vor der Scheisse deiner Kinder. Magst den kleinen Beni nicht wickeln. Das ist die Wahrheit. Tu dir keinen Zwang an. Zieh dich an deinen Schreibtisch zurück. Vergiss nicht, die Türe hinter dir tüchtig zuzuknallen.
Harold	Deine Dichtung ist fabelhaft. Weshalb muss es wegen dieser Lappalie gleich einen Aufstand geben?! Jenny hatte gesagt, …

Vita	Dir gesagt!
Harold	… dass sie eine dringende Besorgung machen muss. Die Kinder hier bleiben. Und wir auf …
Vita	Du!
Harold	… die Kinder aufpassen sollen.
Vita	Aufpassen sollst!
Harold	Ist es meine Schuld, dass Nigel – braver Junge Nigel – feststellt, wie sein kleiner Bruder Beni fürchterlich stinkt und die Windeln voll hat?! Dich hat er gebeten, Beni zu wickeln.
Vita	Nachdem du ihm gesagt hattest, geh zu Mami, Papi hat keine Zeit. Wo du genau weisst, die geschlossene Türe bedeutet, ich darf unter keinen Umständen gestört werden. Du hintertreibst meine Erziehungsbemühungen. Wenn ich etwas hasse, dann sind es chaotische Zustände, wo jeder jedem jederzeit ins Zimmer latscht. Bei diesen permanenten Störungen kann ich nicht schreiben. Kann ich mich nicht konzentrieren.
Harold	Und mich, mich sollen sie jederzeit stören dürfen, wie??!!! Weil deine Schriftstellerei so viel wertvoller ist, als meine Politik! Okay, ich gestehe: mich ekelt die Scheisse der Kinder. Und ich drücke mich gerne ums Wechseln der Windeln.
Vita	Endlich ein ehrliches Wort! Zum Glück ist Jenny im richtigen Moment zurückgekommen hat die Windeln gewechselt. (*Vita und Harold schauen sich an und prusten dann los vor Lachen*) Wir sind Rabeneltern. – Abhauen! Eine Flucht!
Harold	(*erschreckt*) Weg von hier?!
Vita	Weg von hier!

Harold	Solange du nicht ohne mich fliehst, okay. Versprich mir, wenn Flucht, dann nur gemeinsam.
Vita	Mein liebster Hadji, ich sorge mich um dich. Du verrennst dich in deinem Wahlkampf. Gegen Lizzy hast du keine Chance. Sie spielt ihre Rolle als Mutter der Nation, als Mutter aller zu kurz Gekommenen, als Mutter aller Mütter, als die rote Baronin perfekt und die Leute gehen ihr auf den Leim. Da reicht es nicht – entschuldige meine Offenheit – wenn ihr Gegner eine hübsche Fratze und einen geilen Arsch hat. Doch ein Nobody ist. Sie ist seit zwei Legislaturperioden Amtsinhaberin. Und äusserst beliebt. Daran ändert nichts, dass wir wissen, wie sie in Wahrheit ist. Dass Violet einmal nebenher hat fallen lassen, ihrer Mama gehöre mal eins gehörig über den Deckel gezogen, ist für dich keine Verpflichtung im Wahlkampf als ihr Gegner zu agieren!
Harold	Was Violet findet, ist mir eher gleichgültig.
Vita	Ich weiss.
Harold	Dieses Setting, dieses aktuelle Setting, dass alles, aber auch ganz alles objektiv dagegen spricht, genau das ist die Herausforderung. Unbekannt bin ich nicht. Schliesslich bin ich der Ehemann der berühmtesten Autorin unserer Zeit! Ich habe als Kolumnist und Journalist mir einen Namen gemacht, bin bekannt, beliebt. Zumindest bei denen, die Zeitungen und Kolumnen lesen. Im Alltag wird der Erfolg irgendwie dröge. Herausforderungen reizen mich. Die

Konstellation reizt mich. Die rote Baronin als scheinbar glaubwürdiges Werkzeug der Linksdemokraten zuerst aus dem Amt zu verdrängen und dann die liberaldemokratische Politik zu unterwandern!

Nachdem Vita zu Beginn der Rede von Harold fasziniert gehört hatte, wird sie unruhig, will in ihr Arbeitszimmer zurück.

Vita   Du musst selber wissen, was du tust. Sag bloss nie, ich hätte dich nicht gewarnt! Übrigens, Lizzy hält im Saal der Kunsthalle am nächsten Donnerstag einen öffentlichen Vortrag über die Reform des Familienrechts. Es wäre eine gute Gelegenheit, mit ihr die direkte Konfrontation zu suchen. Violet und ich gehen hin. Setzen uns demonstrativ in die erste Reihe. Glotzen sie an. Fixieren sie mit starren Blicken, bis sie ausrastet. Wir wollen, dass sie in der Öffentlichkeit endlich einmal ihre Fassung verliert und zeigt, wie sie wirklich tickt!

Harold   Viel Spass! Ich muss leider passen. Meine Wahlkampfberater und –helfer, sowie die Parteispitze sind unisono der Meinung, ich müsste die direkte Konfrontation mit Lizzy unbedingt meiden.

Vita   Ach, Armleuchter alle! Berater sind Armleuchter. Dass du dich von ihnen beeindrucken lässt?! Wer bist du denn?!!!

Vita winkt gelangweilt ab und will sich in ihr Studierzimmer zurückziehen. Nigel zieht mit einem Schlüssel das Laufwerk seines Spielzeughunds auf und lässt den Hund dann – geräuschlos –

loslaufen. Durch das geräuschvolle Aufziehen des Laufwerkes gestört, sehen zuerst Vita, dann auch Harold zu Nigel hin und schauen dem sich entfernenden Hund nach. Harold entfährt ein lauter Furz. Ihm ist es im ersten Augenblick schrecklich peinlich. Dann ist er belustigt, bis er bemerkt, wie Nigel ihn mit weit aufgerissenem Mund anschaut und ebenfalls zu lachen beginnt. Vita ist im Irrglauben, dass der Spielzeughund von Nigel dieses Geräusch gemacht habe.

Vita   Seltsam! Dieser Hund, dieses Geräusch! Seltsam! Hast du es gehört. Dieser Ton, den Nigels Hund von sich gegeben hat!

Vita verschwindet kopfschüttelnd. Nigel lacht aus voller Kehle, worauf Harold ihm einen giftigen Blick zuwirft. Nigels Lachen hallt und hallt wieder und wieder.

Harold   Wie hatte ich dem Jungen bloss diesen grässlichen Hund schenken können?! Kein Kuscheltier – das steife Abbild eines Windhunds. Und dennoch klammert Nigel sich dran!

Drittes Bild

Violet, Vita, Lizzy, Harold (30), Nigel (3)

Vortragssaal der Kunsthalle. Im Hintergrund ein mit hübschen Blumen geschmücktes Rednerpult. Rechts vom Rednerpult eine – geschlossene – Türe, links ein freier Stuhl. Violet und Vita bahnen sich einen Weg durch das in Erwartung des Vortrags anwesende

Publikum. Sie bleiben vorne stehen. Sie tratschen, mit Blick auf das Publikum, im Rücken das Rednerpult.

Violet	Zum Verrücktwerden, was meine Alte an Publikum zu mobilisieren vermag. Ich wünsche mir, dass dein Hadji das Rennen macht. Maman aus der Regierung bugsiert. Wo dein Hadji bloss bleibt?! Hat dein Hosenscheisser von Hadji einen Rückzieher gemacht?
Vita	Er kommt nicht. Hat er mir gesagt. Seine Berater und der Parteivorstand sind dagegen, dass er sich …
Violet	Wann hat er es dir gesagt?
Vita	Ach, gestern, vorgestern, vor ein paar Tagen.
Violet	Scheller – du kennst ihn, Hans Scheller, ja – hat mir vor drei Stunden zugeraunt, dass dein Hadji heute früh angefragt hat, ob er eine Eintrittskarte bekommen könne. Worauf Scheller ihm gesagt hat, die Veranstaltung sei bumsvoll, ausverkauft – ausser es wäre ihm egal, auf der Bühne, gleich neben dem Rednerpult platziert zu werden. Dort steht der Stuhl, auf dem dein Hadji sitzen soll. Der Stuhl ist frei und in wenigen Minuten ...
Vita	Seltsam. Davon hat er mir nichts erzählt.
Violet	Tja, tja, tja, liebste Clève, dein Hadji hat seine Geheimnisse. – Gleich wird es losgehen. Du hast sie noch nie reden hören, oder? Nein, eben! Du solltest den Vertrag sehen, den Maman mit den Veranstaltern aushandelt. Über hundert Seiten. Ehrenwort. Was wie abzulaufen hat. Wie was dekoriert sein muss.

Wer wie und welche Fragen stellen darf. Wer, wie und aus welcher Perspektive Fotos schiessen darf. Wie die Scheinwerfer auf sie zu richten sind. Welche Blumen wo zu stehen haben. Dass die Bühne, auf der das Rednerpult steht, eine halbe Stunde vor ihrem Auftritt feucht aufgenommen werden muss. Dass sie als Letzte den Vortragssaal betritt. Durch eine Türe, die wie von Geisterhand geöffnet wird. Nichts darf in ihrem Weg stehen, zwischen der Türe und dem Rednerpult. Maman ist kurzsichtig. Trägt aus Eitelkeit ihre Brille nicht. Kontaktlinsen verträgt sie nicht. Nach ihr darf niemand mehr den Saal betreten. Wenn auch nur die geringste Störung kommt, verlässt sie die Örtlichkeit augenblicklich. Dann verklagt sie die Veranstalter auf Konventionalstrafe. Maman ist unmöglich. Nichts, gar nichts von ihrem arroganten Getue sickert je durch an die Öffentlichkeit. Ich verstehe nicht, wie alle, die direkt mit ihr zu tun haben, sie decken. – Dann ihre minutiös eingeübte Show. Und die Leute glauben, sie ist so natürlich, so spontan! Sie gibt eine inhaltliche Plattitüde von sich. Dabei fokussiert sie mit in geheuchelter Demut vor ihrer Brust gekreuzten Armen und aufeinander gehaltenen Händen, mit diesem ach so mütterlich-gütigen Blick aus ihrer Perspektive den rechten Rand des Publikums. Von uns aus gesehen die Leute im linken Teil des Saales. Sie fokussiert die Menge so lange und inbrünstig, bis diese zuerst zaghaft zu applaudieren beginnen. Sie lächelt, scheinbar verlegen. Der

Applaus wird frenetisch. Sie beugt ihre Schultern in noch grösserer Demut nach vorne, macht einen Schritt nach links und lässt ihren Blick zuerst in die Mitte, dann auf die andere Seite schweifen, bis das gesamte Volk vor Begeisterung kocht. Eiskalt berechnend – geniale Schauspielerin. Du, als Autorin, du musst dieses Theater einmal erlebt haben. Lass uns hoffen, dass es uns gelingt, sie mit unseren starren Blicken tatsächlich zu irritieren. Sie aus der Fassung gerät. Sie endlich ihr wahres Gesicht zeigt. Diese arrogante, herrschsüchtige alte Schachtel! – Clève, meine liebste Clève, ich bin so nervös.

Die Türe rechts vom Rednerpult wird wie von Geisterhand geöffnet. Lizzy betritt die Bühne, gespielt zögernd, als ob sie Hemmungen überwinden müsste, mit gespielt unsicherem Blick, bis Applaus einsetzt und sie pathetisch Rührung zelebriert. Blitzlichtgewitter. Lizzy mimt die Bescheidenheit in Person, hat das Gehaben einer mütterlich-empathischen Frau, was in kleinem Widerspruch steht zu dem schlicht eleganten Kleid und einem einzigen, hochkarätigen Schmuckstück, die sie trägt. Die Türe schliesst sich wieder. Scheinwerfer sind auf sie gerichtet. Tosender Applaus. Lizzy richtet sich hinter dem Rednerpult ein, legt ihr Manuskript zurecht, lächelt in die ihr applaudierende Menge hinein, Haroldt einzelnen Personen zu. Sie bedankt sich gestisch demütig für die Liebe, die ihr entgegenschlägt. Sie trinkt einen Schluck Wasser. Mit Gepolter öffnet sich die Türe noch einmal. Harold stolpert in den Raum. Betroffenes Schweigen. Der Applaus erstirbt. Harold gibt sich schrecklich verlegen, strebt, sich bückend, sich klein machend, dem leeren Stuhl auf der anderen Seite des Rednerpults zu. Lächelt immer wieder verlegen, doch herrlich strahlend ins Publikum. Lizzy erstarrt. Kühl und emotionslos packt sie ihr Manuskript in ihre Tasche und ist im Begriff, sich abzuwenden, den Ort des Geschehens hoch erhobenen Hauptes zu verlassen. Totenstille herrscht.

Violet   (*aus dem Off*) Oje, das Timing einer griechischen
           Tragödie. Wir wollten sie ärgern. Dein Hadji,
           dieser Tollpatsch, verpatzt unseren Plan.

Harold richtet sich auf. Er wendet sich dem Publikum zu und strahlt. Geste der Entschuldigung mit Bücklingen. Das Publikum applaudiert. Lizzy ist irritiert. Harold stürzt auf sie, umarmt die sich zuerst reflexartig Sträubende, sich dann aber in die Gunst des Moments Schickende.

Harold   *ins Publikum*   Ist sie nicht …
Lizzy   Junger Mann, sie …
Harold   Ist sie nicht wunderbar? Lizzy von Hoogstraal.
           Man muss sie einfach lieben.

Tosender Applaus. Beide lächeln ins Publikum, Harold, sich klein machend und Lizzy präsentierend. Sie zischen sich zwischen den Zähnen „Nettigkeiten" zu.

Lizzy   Bürschchen, Bürschchen! Das verzeihe ich
           ihnen nie. Ich mache sie fertig.
Harold   Ersparen sie sich die Mühe. Meine Berater und
           die Parteileitung werden mich für diesen
           Auftritt an die Wand stellen und ultimativ aus
           dem Verkehr ziehen. Und ihre Wiederwahl ist
           ihnen sicher.
Lizzy   Impertinenter Frechling!

| Harold | Ehrenwort, ich kann nichts dafür. Die Strassenbahn war verspätet. |

Lizzy gebietet dem Publikum Ruhe und will zu einer Rede anheben, doch Harold fällt ihr ins Atemholen und schneidet ihr mit gespielter Verschämtheit das Wort ab und übertönt ihre Stimme, wenn sie jeweils wieder zu Worten ansetzen will.

| Harold | Ich bitte, ich bitte, ich bitte um Entschuldigung, Entschuldigung, Entschuldigung! Wie kann ich es wieder gutmachen, Frau Baronin. Ich weiss nicht, ich … Ich bitte sie, ich bitte sie, meinen Auftritt zu vergessen, meinen Auftritt zu vergessen. Ich setze mich nun ganz, ganz, ganz ruhig hin und … |

Aufmunterndes Lachen aus dem Publikum. Harold setzt sich hin und strahlt Lizzy erwartungsvoll an.

| Lizzy | (*als ob Harold ihr das Wort erteilt hätte*) Danke! – Herr Direktor, Herr Präsident, verehrte Vorstandsmitglieder, meine Damen und Herren … |
| Violet | *aus dem Off* Verbrüderung, Verschwesterung – ach, die Politik und ihre Hengste und Stuten! Komm, jetzt glotzen wir sie an, bis es ihr unheimlich wird und sie ins Stottern gerät. |

Harold blickt in die Ferne, wo er, nur er, den dreijährigen Nigel sieht mit seinem Spielzeughund, der wiederhallend, mit immer lauterem Hall, lacht. Harold zuckt sichtlich zusammen.

Viertes Bild

Violet, Vita

Liebesnest irgendwo. Violet und Vita in einem Bett.

Violet   Vita, o Wunder, du verwandelst dich in Nemours, den geheimnisvoll hübschen, jungen Edelmann, dessen Blick auf mich fällt. Geliebter/Geliebte. Geliebter, ich lache dich nicht aus Geliebter. Ich lache nicht über deine Worte, nicht über meine Worte: Geliebter. Ich lache nicht etwa, weil ich – . Ich lache, weil ich - . Soll mein Lachen, meine überquellend gute Laune mit Worten festgeschrieben werden?! Ich umarme die Welt. Ich umarme sie und bedecke sie mit Küssen, Küssen, Küssen. Mein Überschwang geniert dich. Keine Angst, ich erdrücke dich nicht. Ich erdrücke niemanden, Geliebter/Geliebte. Erinnerst du dich, wie wir damals gelacht hatten? Das war unser Spiel gewesen: Geliebter/Geliebte. Wir waren Kinder gewesen. Wir nannten unser Spiel Geliebter/Geliebte. Wir hopsten wild im Schlafzimmer des Königs auf dem antiken Prunkbett deiner Ahnen herum. Du sagtest: „Komm, wir spielen Geliebter/Geliebte. Es ist ein Spiel für Erwachsene. Wir müssen dazu auf dem Bett herumhopsen". Ich hatte solche Angst dass das wertvolle antike Stück zusammenbricht. Wie ich dich beneidete um deine Aura von Geschichte und Gewicht. Du lachtest, „Angsthase mein Spiel ist nichts für zickige kleine Mädchen. Es ist ein Spiel, bloss für Erwachsene. Mein Urgrossvater, mein Urururururgrossvater und mein Urururururururgrossvater haben vor mir auf diesem alten Gerümpel Geliebter/Geliebte gespielt. Klar, alle schweigen dazu. Doch es ist die Wahrheit. Wir müssen auf dem alten Gerümpel herumhopsen, damit die Holzwürmer Angst kriegen. Geh, Angsthase, kriech deiner Mama auf den Schoss und stiere ihr beim Teetrinken in die Nasenlöcher". Ich war dir kleinem Biest hilflos ausgeliefert. Du wusstest immer genau was zu tun war und tatest es ohne zu zögern. Und ich, ich wusste nichts und musste vorgeben alles zu wissen, um vor dir, der Gescheiten, nicht als dumm dazustehen. „Ich hatte mich öfters schon gefragt, wie ich einem dummen kleinen Mädchen oder besser: einem dummen kleinen Jungen Geliebter/Geliebte erklären soll. Wie würdest du das Spiel jemandem erklären, der nicht die geringste Ahnung davon hat oder sich davor fürchtet etwas Unschickliches zu tun". Du lachtest schallend, packtest mich bei meinen Händen, hopstest auf dem alten Bett herum und ich mit dir. In wollüstigem Eifer, mit glühenden Wangen und keuchendem Atem rauf und runter bis diese Bewegtheit alles andere versinken liess. Und wir glaubten, wir hatten damals ehrlich geglaubt, dass das alles war. Und nach einer Weile fielen wir wie von selber erschöpft in die Kissen und Decken, lachend, keuchend, schwitzend und schlangen unsere Arme und Beine um unsere Körper. Wir umarmten uns innig, ja, wir umarmten uns und wir küssten uns. – Eine alte Hexe kommt und will uns den Spass verderben. Wir bauen uns eine traumhafte Szenerie. Die Sonne spielt auf den glitzernd kahlen Ästen. Der schmelzende Schnee tropft kristallig hinunter. Lichtflecken hüpfen. Eine Feenlandschaft. Ich umarme dich und überdecke dich mit Küssen und Küssen und Küssen. Geliebter, lach mich nicht aus. Ich bin verrückt. Das Gewicht der Welt sackt aus unseren Träumen ab und endlich, endlich haben wir unsere einsame Insel gefunden, diese Insel, wo nichts uns erreicht, das unsere Flügel beschneidet. Wir schreiten auf glitzernd gelbem Sand einher. Sag nicht, es ist Asphalt! Es ist glitzernd gelber Sand. Er glitzert und gleisst im Licht der Sonne. Wir beide in dieser fremden Welt, in der Natur, hinreissend und fremd. Nur wir beide, wir beide und niemand sonst. Ich fühle mich so glücklich und so stark. Vorbei die noble Blässe, die Lethargie des Bequemen und Verwöhnten. Wir formen unser Leben selber. Wir beide, wir. Sag mir, dass du mich liebst, dass du verrückt nach mir bist, dass ich dir genau so alles bedeute wie du mir. Und dass wir nie mehr, nie mehr uns trennen werden. Träume ich - ?

Vita   Indien, Rischikesch. Ein Pilgermarsch auf den Berg hinauf, durch den Wald. Stundenlang. Zu einem in einer Höhle lebenden Guru. An einem Bergbächlein, mein Gott, was für ein herrlicher

Mann! Eine Erscheinung wie aus dem Märchen. Schön, ebenmässig, stattlich und mit einem Gesichtsausdruck! Er trägt bloss einen Lendenschurz. Diese bronzene Haut. Er kniet am Bergbach und wäscht zwei verbeulte Blechnäpfe. Wie alt ist er? Etwas älter als ich. Ich bin hin von diesem Anblick. Ich möchte in sein Leben schlüpfen und er sein. Nichts als er sein. Ein Mensch, der in strahlender Schönheit im Einklang mit erfrischender Natur lebt. Hingegeben an dieses läppische Spühlen seiner läppischen Blechnäpfe. Ich bin ungeduldig. Er soll mich endlich entdecken, sich erheben, mir entgegenschreiten. Mich in ihn versetzen, in ihn eintauchen. In dieses stille Lächeln, in diese strahlenden Augen. Nicht als Flucht aus der eigenen Existenz. Aus Neugierde. Aus der Vorstellung heraus, wie herrlich es sein muss, einen so schönen Körper und solche Hingabe zu besitzen. Er ist der Schüler des Guru, den ich besuche. Die beiden leben als Einsiedler in Höhlen. Der Schüler sagt, der Guru wird gleich kommen. Wir lächeln uns zu. Ich versuche, den Schüler in ein Gespräch zu verwickeln, seine Geschichte, seine Herkunft herauszukriegen. Sein britisch klingendes Englisch, die Tatsache, dass er auch französisch spricht, deuten auf hohe Bildung, sein ganzes Wesen auf Weltgewandtheit hin. Oxford, Wall Street – was mag er zuvor getan haben? Ich habe die Erleuchtung. Das hier ist das wahre Leben. Alles Überflüssige abstreifen, hinter sich lassen. Der Guru dann: um die Siebzig, vielleicht auch drüber. Gekleidet mit einem knappen Lendenschurz, sonst nichts. Die Haut am ganzen Körper glatt und frisch, wie bei einem Jungen. Das Haar, ein grauer Zopf, bis zum Boden reichend. Buddha-Gesicht mit strahlendem Ausdruck. Der Guru sitzt im Schneidersitz auf einem Findling am Rand der Höhle. Der Schüler ihm zu Füssen, übersetzt die Worte des Meisters. Ich quelle über von Ideen, wie ich mein Leben ändern muss. Jetzt und mit Bestimmtheit. Ich will alles aufgeben und hier bleiben. Ob der Guru mich als Schülerin annimmt. Ein gütiges Lächeln. Ein Wiegen des Kopfes. Es sei ihm eine Ehre, mich als Schülerin anzunehmen. „Bevor ich sie als Schülerin annehme, reisen sie noch einmal nachhause zurück, regeln alle ihre Angelegenheiten, verabschieden sich von ihren Eltern und Freunden. Dann kommen sie her. Und bleiben bei mir als meine Schülerin." – Ach!

Violet   Ich hatte einen Traum. In diesem Traum tauchte diese Frau auf, diese Rokokodame vom Bild im Korridor mit dem weissgepuderten Gesicht, mit der gepuderten Perücke, diese feine zerbrechliche Frau, von der ich mir nie vorstellen konnte, dass ein Mensch so fein und zerbrechlich sein kann, wie sie auf diesem Bild gemalt ist. Und diese zerbrechliche und feine Frau taucht in meinem Traum auf, quicklebendig, so hübsch und so heiter, so belebend und belebt. Sie rennt mit offenen Armen auf mich zu. Wie erregend, wie schön, wie traumhaft schön sie ist. Ich schaue ihr sehnend und beglückt entgegen. Doch je näher sie mir kommt, desto rascher verändern sich ihre Gesichtszüge, verwandeln sich mit Furchen und Falten und hängender Haut in den Kopf einer Greisin. Doch mehr noch, das Bild ist im Fluss. Die Formen verzerren sich und verziehen sich zum schrecklichen Antlitz einer bösen Hexe. Sie streckt mir ihre Fänge mit langen Krallen entgegen, reisst mich an sich und wiehert vor Lachen, ein höhnisches dreckiges Lachen. - Kronprinz Friedrich, der seine Arme aus einem Fenster im ersten Stock des Schlosses streckt, in die Richtung seines Freundes, der bereit steht, um vor seinen Augen geköpft zu werden. Die Beiden schauen sich an, Katte zum Kronprinz hinauf, der Kronprinz zu Katte hinunter. Das Urteil wird vollstreckt werden. Das Urteil, das der Vater bestätigt hat. Das Urteil das eine grenzenlose Liebe besiegelt. Sie abrupt enden lässt, scheinbar. Doch diese Liebe wird nie enden. Alle wissen davon heute und morgen und übermorgen. Die Liebe dauert ewig. – Künstlichkeit. Nichts als Künstlichkeit rund um uns herum. Sturheit und steife Starre. Theaterkulissen. Wir fallen bloss zum Schein auf ihre Echtheit herein, denn wir wissen, dass sie künstlich sind, auf Leinwand gepinselte Räume, Gebäude, Mauern, Tempel, Pavillons, Podeste, Bühnen, Säle, Prunkhallen, Gärten, Parks - . Die Leinwände mit den hübschen Prospekten, Veduten sind hoch oben an einem

Gestänge befestigt, das seinerseits wieder ein Teil eines noch grösseren Gestelles ist. das der Grössenwahnsinn der kleinen Menschenmenschlein über alle Notwendigkeit hinaus wuchern und explodieren liess. Wir bewegen uns zwischen den unheimlichen Kulissen, mit vor Furcht verschlossenen Augen, oder bang nach oben starrend, weil wir dem Schein der Bilder nicht trauen. Wir fügen uns der Choreographie, die sich jemand Anderes einfallen liess als wir. Wir tanzen um zu gefallen. Wehe, ein Schritt geht daneben und du fällst auf. Du fällst heraus. Und weg bist du. Du tust deine Schritte, wie sie dir bestimmt sind, und träumst davon jemandem zu gefallen. Jemandem. Jemandem gefallen, der mich aus dieser Sinnlosigkeit erlösen wird. Dann könnte ich für einen Augenblick still stehen und diesen längst fälligen Schrei ausstossen, diesen markdurchdringenden Schrei, diesen einmaligen Schrei, der wie ein Gelächter poltert. Die Leinwände geraten darob ins Schwingen. Sie pendeln hin und her. Und plötzlich sausen sie runter. Zischend durchschneiden sie die Luft. Sie kringeln sich uns zu Füssen. Was zuvor noch höchste Herrlichkeit gewesen war, liegt nun als Haufen von Falten und Tüchern und Geruch von Moder und aufgewirbeltem Staub vor meinen Füssen - .

Vita   *Seufzer*   Ich bin die Autorin. Ich schweige. Schwelge in deinen Worten. Clève, meine liebste Clève, geht es mit rechten Dingen zu?!

Violet	Übrigens, habe ich dir gesagt, ich habe jemanden kennengelernt.
Vita	Nein, hast du nicht.
Violet	Nichts Ernsthaftes. Ich nenne ihn meinen Ritter ohne Furcht und Tadel. Schau mich nicht so an! Du hast deinen Hadji. Ich habe meinen Ritter ohne Furcht und Tadel. Man arrangiert sich eben, wenn unser Traum von der gemeinsamen Flucht nach Paros nie Wirklichkeit werden soll. Oder? Nicht so bös dreinschauen, mein lieber Nemours, bitte! Wie dumm ich bin. Ich hätte dir nichts erzählen sollen. Kein Grund zur Eifersucht, ehrlich nicht!

Fünftes Bild

Violet, Vita, Harold (30), Denys, Nigel (3)

Ausstellung an einem öffentlichen Ort mit viel Publikum. Vita und Harold bewegen sich zwischen den Leuten. Harold, der Strahlemann im Wahlkampf, Haroldt, lächelt, grüsst nach allen Seiten. Vita trägt – unsichtbare – Scheuklappen und konzentriert sich auf Gegenstände, die ausgestellt sind. Violet und Denys – sie höchst elegant und selbstbewusst, er steif und unnahbar – bewegen sich in Richtung Vita und Harold, ohne diese zu bemerken. Vita nimmt als erste Violet und Denys wahr. Sie erbleicht.

Vita	Das ist ihr Typ! Ihr Typ! Ihr Typ!

Harold	Wer, wie, was???! Ach! Hat sie endlich einen gefunden, der ihren hochgeschraubten Erwartungen entspricht!
Vita	Wie ein verheiratetes Paar. So vertraut.
Harold	Na und?!
Vita	Und mir schwört sie, er hat nichts zu bedeuten.
Harold	Sei froh, dass deine beste Freundin einen gefunden hat! Ist höchste Zeit.

Harold lacht schallend. In dem Moment taucht vor ihm das Bild von Nigel (drei Jahre) mit seinem Spielzeughund und schallend-wiederhallendem Gelächter auf. Harold zuckt zusammen und wird verlegen. Vita versucht, Harold an Violet und Denys vorbeizulotsen. Violet entdeckt Vita, stürzt, Denys im Schlepptau, auf diese zu. Während die Damen reden, wendet Harold sich Denys zu, welcher, leicht irritiert, sich von Harold leicht ins Abseits ziehen lässt, so sie ein Gespräch führen, das nicht hörbar ist, Harold animiert und fröhlich, Denys steif und höflich.

Violet	So ein Zufall! Darf ich dir Denys vorstellen? Denys, das ist meine beste und älteste Freundin Vita. Ihr Mann Harold. Ich hatte dir berichtet, die beiden haben zwei süsse kleine Jungs, Nigel und Beni. Ich bin die Patentante von Nigel, wie du weisst. Dieser Zufall, dass wir uns hier begegnen. Der Zufall! So schön!
Vita	So.
Violet	Ja.
Vita	Na, dann! Du hattest gestern noch behauptet, unter keinen Umständen herkommen zu können. Und nun bist du hier!
Violet	Ja, ja.

Vita	Dass du mich, du mich so unverschämt anlügen kannst!!!
Violet	Wir hatten vor, aufs Land zu fahren. Ehrlich. Der Plan hat sich zerschlagen, weil Ruprecht – du kennst ihn nicht – eine Grippe eingefangen hat und er keine Gäste will. Da schlug ich Denys vor, weshalb nicht … Klingt überzeugend, oder? Mein liebster Nemours, wenn ich dir ehrlich gesagt hätte, es ist höchste Zeit, dass du meinen Ritter ohne Furcht und Tadel, Denys endlich kennen lernst, …
Vita	Der dir nichts bedeutet.
Violet	Der mir nichts bedeutet! … kommen wir heute gemeinsam her, du hättest mir den Kopf abgerissen.
Vita	Ekelhaft, so billig, wie du deinen Typ herumzeigst!
Violet	Bitte, bitte, nicht böse sein. Wird nie wieder vorkommen.
Vita	Zumindest weiss ich jetzt, wie er ausschaut.
Violet	Und unsere Männer unterhalten sich glänzend.
Vita	MEIN Mann und dein Typ.
Violet	Genau so wollte ich es sagen: DEIN Mann und mein Typ.
Vita	Clève, ach, Clève! Weshalb bloss bin ich so, wie ich bin?!
Violet	Kein Grund zur Eifersucht.
Vita	Ich bin nicht eifersüchtig, bloss, bloss – ja, ich bin so, wie ich bin. Wem es nicht passt, der soll sich verpissen.
Violet	Muss ich mich verpissen?
Vita	Clève, du bist eine verdammte Verführerin!
Violet	Irrtum, Nemours, der Verführer bist du.

Die Beiden gehen lachend zu ihren Männer zurück, wechseln ein paar Worte. Dann trennen die Paare sich. Violet und Denys tauchen ein in die Menge.

Harold	Für die überspannte Violet ist ihr Typ, dieser Denys – so heisst er doch? – echt normal. Okay, etwas sehr reserviert. Langweilig, doch okay.
Vita	Interessant.
Harold	Ich meine, von all den Typen, die sie bisher angeschleppt hat, der Beste.
Vita	Interessant.
Harold	Ich meine – also, bitte, tratsche ihr das nicht weiter –, er ist ein hübsches Kerlchen, in das man sich verlieben kann. Also, ich kann es mir vorstellen. Doch irgendwie tickt er nicht richtig. Wenn einer so normal ausschaut, dann ist es irgendwie irritierend, wenn er sich absonderlich verhält. Nichts Dramatisches. Doch von der Persönlichkeit her. Du, obwohl er jung ist, kann man sich nicht vorstellen, dass er jung ist. Er wirkt wie ein uralter Mensch mit einem langen, langen weissen Bart. Verlorene Generation.
Vita	Interessant.
Harold	Halt, du!
Vita	Ja?
Harold	Er hat eine Bemerkung fallen lassen, aus der ich schliessen muss, dass er ein Militärkopf ist.
Vita	Und?
Harold	Könnte sein, dass er irgendwo in einem Militäreinsatz gewesen ist. In einem Krieg.

	Waffen. Schüsse. Explosionen. Zerfetzte Körper. Blutfontänen. Blutgerinsel.
Vita	Bist du vollends übergeschnappt?!
Harold	Ist bloss eine Idee.
Vita	Vergiss ihn! Er ist nichts Ernsthaftes! Sagt Violet.
Harold	Sagt Violet. Nichts Ernsthaftes.

Harold lacht zynisch. In dem Moment taucht vor ihm einmal mehr das Bild von Nigel (drei Jahre) mit seinem Spielzeughund und schallend-wiederhallendem Gelächter auf. Harold zuckt wieder zusammen und wird verlegen.

Vita	Du kennst sie. Sie spielt mit den Männern. Morgen wird es wieder ein anderer sein. Wenn ihr derzeitiger Typ psychische Probleme hat, braucht es nicht deine Sorge zu sein.
Harold	Das habe ich nicht behauptet. Ich vermute bloss, dass ein Einsatz auf einem Kriegsschauplatz seine etwas spezielle Art zum Beispiel erklären würde. Einer Bemerkung entnehme ich, dass er Offizier ist oder war. Und Auslandeinsatz … ?
Vita	Du kannst ihn nicht retten. Wir werden ihn nie wieder sehen. Nehme ich an. Um sich interessant zu machen, … (*lachend*) … wird sie wieder und wieder und wieder und wieder und wieder einen Neuen präsentieren.
Harold	(*lachend*) Und wieder und wieder und wieder.
Vita	Und wieder und wieder.

Harold umarmt Vita, küsst sie, was sie beschämt.

| Vita | Obacht. Es könnte uns jemand kennen. |
| Harold | Und wenn schon. |

Sie gehen Hand in Hand von dannen.

Sechstes Bild

Violet, Vita

Liebesnest irgendwo. Vita und Violet im Bett. Vita löst sich aus einer Umarmung, springt aus dem Bett. Sie bedeckt ihre Blössen notdürftig, setzt sich an den Schreibtisch und kritzelt in Feuereifer in ein Notizbuch.

Vita	Moment. Moment. Moment, Moment. – Das junge Fräulein wächst zum betörendsten Jüngling heran. Sein Charme haut Männlein und Weiblein aus den Socken. Er bezirzt selbst die Prinzessin, die flatterhaft ist und nirgends verweilt. Die Prinzessin gerät in seinen Bann. – Ich hab's! Ich hab's! Du, ich war blockiert gewesen. Und plötzlich, aus heiterhellem Himmel, fällt mir ein, wie mein Roman läuft. – Der junge Edelmann verliert sich im Anblick der russischen Prinzessin. Diese ist in Pelze gehüllt. Sie dreht auf dem Eis des zugefrorenen Flusses auf Schlittschuhkufen ihre Runden.
Violet	Hübsch, hübsch.
Vita	Entschuldige. Bloss noch wenige Worte. Ich komme gleich wieder.
Violet	Ja, ja.

Vita	Das Schicksal hat die russische Prinzessin in das kälteste aller Länder verschlagen. Nahe am Pol, wo die Gletscher ins Meer wachsen und selbst im Sommer Schnee und Packeis sind. Um nicht zu erfrieren, hüllt sie sich in Schichten von Seide und Samt und vermummt sich in Pelze. Sie will der Eisesstarre entfliehen. Sie sucht nach dem verheissenen Land, wo ewiger Frühling herrscht. Sie träumt von Wärme. Das Land, wo diese Wärme herrscht. In fliessender Bewegtheit jagt sie ihrem Traum nach, den jungen, hübschen Edelmann nach sich ziehend. Ihr Herz schmilzt. Ein ewiger Frühling könnte anbrechen
Violet	Beim Schreiben gelingen dir die hübschesten Geschichten gelingen.
Vita	Zum Glück! Ich hatte schon Angst, ich kriege diese verflixte Geschichte überhaupt nicht in den Griff.
Violet	Kriegst du deinen Alltag in Griff?
Vita	Ist okay, oder?
Violet	Klar. – Mein liebster Nemours träumt und träumt und träumt.
Vita	Noch einen Moment und ich hab's.
Violet	Noch einen Moment. – Wach auf und träume! Lebe endlich den schönsten aller Träume. Dieser Traum soll deine Schritte durch deinen Alltag lenken. Nur so wird der Traum endlich Wirklichkeit.
Vita	Diese Worte hätten wir einfallen sollen! Wart, warte. „Dieser Traum soll …"

Violet	Handlungen lassen Träume purzeln. Der Weg aus dieser engen Welt führt ins Land, wo die Zitronen blühn. Weg, bloss weg von hier!
Vita	Hör auf, hör auf! Redest du so poetisch, zweifle ich an meinem Geschreibsel. Alle andern schreiben besser als ich. Ich bin eine Versagerin. Ich bin keine Schriftstellerin.
Violet	Paros – unser Traum. Du musst dein Leben ändern. Du musst das Ändern leben!
Vita	Nicht mehr schreiben! Quatsch! Schreiben ist mein Leben. Schreiben ist Freiheit. Pfeif auf Konventionen! Wage es, schreibend festzuhalten, was dir gerade durch den Kopf geht. Bedenke es gründlich!
Violet	Gibt es in deinem Leben ausschliesslich das Schreiben.
Vita	Was denn sonst?!!! – Klar, die Kinder, der liebe Hadji und du und alles.
Violet	Und alles.
Vita	Du verstehst schon, was ich meine!

Vita hüpft wieder ins Bett. Violet entzieht sich ihr, steht auf. Vita hängt sich ihr an die Fersen und hüpft um sie herum. Violet lässt sich nicht beirren und zieht sich zügig an.

Vita	Ich brauche dich. Ich kann ohne dich nicht leben. Du bist meine Inspiration. Meine Muse. Clève, ach, Clève. Unser Traum, er beflügelt mich. Ich hätte, ehrlich, ohne dich meine Schreibblockade nie überwunden. Wenn du wüsstest, tage-, tage-, tagelang habe ich Worte geschrieben, wieder gestrichen, neu begonnen, wütend wieder alles verworfen.

Violet	Unser Traum ist das wahre Leben. Leben wir den Traum!
Vita	Ja, ja, ja!
Violet	Lass dich beflügeln, Vita. Schnippe mit einem Finger – ich bin zur Stelle und fliehe mit dir nach Paros. Jederzeit. – Übrigens, habe ich es dir bereits gesagt? Ich werde Denys heiraten. In vier Monaten. Entführe mich, rette mich vor dieser Ehe. Rette mich und ich werde dir ewig dankbar sein. Zögere nicht. Doch DU musst den ersten Schritt tun. DU musst wollen. Habe ich am Altar erst ja gesagt, wird es zu spät sein!

Violet verlässt den Raum ohne sich umzudrehen. Vita stampft wütend auf den Boden.

Is the father we remember ever the father as he saw himself?

> Peter Ustinov, Photo Finish. An Adventure in Biographie in Three Acts, Heinemann London 1962, S. 63

Zweiter Akt

Siebentes Bild

Nigel (30), Harold (60), Nigel (3)

Im Haus von Vita und Harold, Harolds Arbeitszimmer. Nigel und Harold (60) stehen mit ihren Drinks verlegen herum.

Harold	Viel Verkehr auf den Strassen.
Nigel	Ach, es ging. Vierzig Minuten.
Harold	Vierzig Minuten?! Sag mal, da musst du wie ein Verbrecher gefahren sein!
Nigel	Ich bin hier.
Harold	Denk an deine Frau, deinen Sohn. Ihr Jungen spielt sinnlos mit eurem Leben. – Entschuldige! Geht mich selbstverständlich nichts an. Ich werde mich nie mehr einmischen. Womöglich schaffe selbst ich es in vierzig Minuten. Dabei bin ich ein sehr vorsichtiger Fahrer. – Findest du es seltsam, dass ich nicht weine? Ich kann nicht weinen. – Auf Vita!
Nigel	Auf Mami.

Nigel, der verlegen weggeschaut hatte, als Harold (60) redete, entdeckt etwas und stürzt weg, um wenig später mit seinem alten Spielzeughund wieder aufzutauchen.

Nigel   Sieh mal, was ich da gefunden habe!

Harold   Wo, zum Teufel, hast du bloss das alte Viech
            wieder aufgegabelt?!

Nigel   Dort hat es gelegen.

Harold   Ich hab's nicht dorthin gelegt. Schreckliches
            Ding. Wie hatte ich dir bloss diesen grässlichen
            Hund schenken können?! Kein Kuscheltier –
            das steife Abbild eines Windhunds. Und
            dennoch hattest du als Kind dich daran
            geklammert.

Nigel   Jetzt, wo du es sagst. Ich schleppte ihn immer
            mit mir rum. Hielt ihn an einem Ohr.
            Teddybären können nicht aufgezogen werden.
            Können nicht gehen. Stellt man sie nicht richtig
            auf den Boden, fallen sie gleich hin.

Nigel (3) taucht in Harolds Blickfeld auf und lacht wiederhallend-schallend. Harold zuckt zusammen. Er wendet sich der Rampe zu und monologisiert. Auch Nigel (30) geht zur Rampe.

Harold   Typisch, der Herr Sohn gräbt mit Bedacht im
            ganzen Haushalt das Objekt aus, das in mir
            gewisse Erinnerungen, gewisse Bilder weckt.
            Und schon fühle ich mich wieder als der Idiot,
            der ich damals in meiner Hilflosigkeit gewesen
            war. Es war nichts geschehen. Und doch bleibt
            dieser Moment haften. Weshalb nur?! Das
            wissen die Götter – sie sagen es nicht! Zum
            Glück war der Herr Sohn damals noch zu klein

gewesen. Kann sich an den Vorfall nicht erinnern. Bei mir gestochen scharfe Bilder. Sein hämisches Lachen und ich, anstatt dass ich mitgelacht hätte, wurde wütend über diese kindlich unbeschwerte Reaktion des kleinen Jungen. Weil ich es nicht fertig gebracht hatte, darüber zu reden.

Nigel   Klar, Beni hatte mich aufgefordert, nicht alles ihm zu überlassen. Papa auch einmal zu besuchen. Das Kriegsbeil endlich, endlich zu begraben. Ich weiss nicht, was in Benis Kopf vor sich geht. Als ob Papa und ich uns noch immer bekämpften! Klar, zu behaupten, es habe mich überhaupt keine Überwindung gekostet, den Alten anzurufen und locker hinzuwerfen, hey, wie geht's, wie steht's, bist du morgen zuhause, wäre gelogen. Verdammt, sobald ich an ihn denke, verkrampft sich etwas in mir. Und dann ist auch schon dieses Bild da. Papa furzte und Mami glaubte, mein Spielzeughund hätte dieses Geräusch von sich gegeben. Da war der Ekel vor diesem Mann, der etwas tun darf, was ich nicht tun soll. Gleichzeitig das unbändige Lachen, weil Mami nicht merkte, was geschehen war. Und meine Wut über mich, dass ich meinen Trieben ausgeliefert war und nicht wie die Erwachsenen so lässig tun konnte, als ob nichts gewesen ist. Kaum taucht Papa vor mir auf, ist die Situation von damals wieder lebendig. Dass ich mich daran überhaupt erinnere. Ich war höchstens, allerhöchstens Drei gewesen. (bitter) Klein Nigel entdeckte die Welt! – Ich kann mit niemandem darüber sprechen. Lächerlich, mit Dreissig in kindisches Verhalten zu regredieren. Wer ist er schon?! Ein alter Freak. Steig endlich vom hohen Ross herunter! Ob es dir passt oder nicht: er hat es geschafft. Alle lieben deinen Papa! Wie, ER ist dein Papa?! Muss phänomenal sein, IHN als Papa zu haben. Von wegen!

Harold   Er ist objektiv ein Typ, den man mögen muss. Alle sind hin von ihm. Ich spüre, wie er mir gefällt. Und doch, kaum steht er mir gegenüber, verkrampft sich etwas in mir und ich bin nicht mehr frei. Ich war dem kleinen Trotzkopf, dem heranwachsenden Trotzkopf, dem pubertierenden Trotzkopf – insbesondere dem pubertierenden Trotzkopf, der mit harten Bandagen auf mich einschlug – nie gewachsen. Ich habe nun mal beim Reagieren in mich verunsichernden Situationen die Angewohnheit reinen Zynismus ungefiltert rauszulassen. Er hat nie einfach leer geschluckt. Er hat sich immer schimpfend und tobend gewehrt. In Gesellschaft bin ich nie zynisch geworden. In Gesellschaft hat er nie geschimpft und getobt. Ich war der Strahlemann der Nation und er der hübsche Junge, den heute jede Mutter mit Handkuss als Schwiegersohn nehmen würde. Keiner begriff, was sich zwischen uns abspielte.

Nigel   Mutti hatte mich etliche Male mit dieser gespielt leidgeprüften Miene und mit gespielt zittriger Stimme angefleht, vertragt euch, bitte, ihr seid euch so ähnlich. Kaum war dieser Satz draussen, war ich jeweils von Null auf Hundert. Doch sie fuhr fort, weshalb streitet ihr euch ständig? Und ich stehe zwischen euch, er ist mein Mann und du bist mein Sohn. Ihr seid euch so ähnlich. Ich brauchte diesen Satz bloss zu hören und schon explodierte ich. Und noch heute habe ich dieses dumpfe Gefühl im Magen, wenn ich mir vorstelle, dass ich ihm ähnlich sein soll.

Zögerlicher und harzender Dialogansatz

Nigel	Teddybären hatten alle. Ich hatte den Hund. Der sogar gehen kann. Konnte. Die Mechanik funktioniert nicht mehr. Nicht mehr aufzuziehen.
Harold	Ich kann bloss meinen Kopf schütteln. Würdest du dem kleinen Sami ein solches Viech schenken?!
Nigel	Ich habe Sami einen Koala-Bär geschenkt. Aus echten Fell. Er schläft nicht ein ohne seinen Dada. Er nennt ihn Dada. Wie Sami darauf gekommen ist! Du musst uns bald mal besuchen. Sami redet wie ein Buch. Erzählt Geschichten, Geschichten. Das hat er wohl von dir, dem Geschichtenerzähler. Kannst du dich erinnern, hatte ich meinem Hund einen Namen gegeben.
Harold	Keinen blassen Schimmer. Nein. Der Hund. Du hast nie gesagt mein Hund. Immer der Hund.
Nigel	Du sagst, wenn du zu Bett gehen möchtest. Wegen mir brauchst du nicht aufzubleiben.

Harold	Wo du schon mal da bist! – Wie läuft es an der Uni?
Nigel	Keine ordentliche Professur in Sicht.
Harold	Dafür bist du zu jung.
Nigel	Quatsch. Es geht um das Berufungsverfahren. Tendenziell werden zur Zeit Leute von draussen geholt.
Harold	Unter dem ordentlichen Professor macht es mein Herr Sohn nicht. Du bist noch jung. Geh nicht mit dem Kopf durch die Wand.
Nigel	Was ist falsch daran.
Harold	Nichts ist falsch daran. Positionen, das wirst du auch noch lernen, mein Herr Sohn, …
Nigel	Als ob du es nie auf Positionen abgesehen gehabt hättest.
Harold	Zum Beispiel?
Nigel	Regierungsrat. Mit Dreissig! Du warst jünger gewesen als ich es heute bin.
Harold	Das war was ganz anderes gewesen.
Nigel	Weshalb bist du dann plötzlich … zurückgetreten, abgewählt worden, plötzlich nicht mehr in der Regierung gewesen? Ich erinnere mich nicht. Plötzlich war Papa wieder mehr zuhause gewesen. Nein, eigentlich nicht. Du bist wenig zuhause gewesen. Weshalb weiss ich dann noch, dass du plötzlich nicht mehr Regierungsrat gewesen warst?
Harold	Ein leiser Vorwurf, dass ich mich zu wenig um euch gekümmert habe?
Nigel	Nein, nein, mir hast du nie gefehlt. Aber sag mal, weshalb warst du plötzlich nicht mehr Regierungsrat gewesen.

Harold	Ach, das hat sich so ergeben. Nichts von Bedeutung. Ich bin zurückgetreten. Nach einer Legislaturperiode. Und falls du es wissen möchtest, nicht etwa wegen eines Skandals. Ich hatte die Nase voll. Politik ist nicht mein Ding.

Monologisieren an der Rampe

Harold	Ich fasse es nicht. Wirft dieser eingebildete Lackel mir mit einer Selbstverständlichkeit an den Kopf, „du hast mir nie gefehlt". Unerhört, dass ein Sohn sich erlaubt, dies seinem Vater, der sich mit seinen Mitteln – nun ja, man ist ja nicht fehlerlos! – um ihn bemüht hat, an den Kopf zu schmeissen. Undank ist der Welten Lohn. Ich muss mich zusammenreissen. Sonst explodiere ich. Ja, ich explodiere. Ich ärgere mich über mich selber, dass dieser windige Kerl es regelmässig schafft, mich aus der Fassung zu bringen. Ich verkrampfe mich, weil ich mir nichts anmerken lassen will. Ich lasse mich nicht provozieren. Es hätte gerade noch gefehlt, dass dieser Lümmel triumphieren könnte! Himmelschreiend, wie dieser Mensch es im Nu schafft, mich fertig zu machen. Keine Sorge! Ich zwinge mich zu einem lässigen Grinsen und gehe über seine Ungeheuerlichkeiten hinweg. Diese Freude mache ich ihm nicht, dass ich vor seinen Augen explodiere!
Nigel	Ich springe über meinen Schatten! Komme her! Besuche das Arschloch! Und dann diese Überheblichkeit. Diese Besserwisserei! Ich

könnte ihn umbringen! Er wühlt aus meinem Innersten niedrigste Instinkte auf, für die ich mich schäme. Wie konnte ich bloss denken, ich bringe ihn um. Mir meine Hände mit einer solchen Witzfigur schmutzig zu machen?! Er hat mich nie so akzeptiert, wie ich bin. Immer sollte ich mutig und kämpferisch und sportlich und grossmäulig sein! Und er, der immer alles besser weiss, der immer zynisch grinst, wenn ich mir erlaube, einmal papp zu sagen, hat nicht soviel, soviel Empathie! Der widerlichste Mensch – und er schimpft sich mein Vater. Zu allem Überfluss schrumpfe ich zu diesem minablen Unding zusammen, sobald er vor mir steht. Die Knie schlottern. Und ich habe ständig Angst, in die Hose zu scheissen.

Harold   Jeder andere junge Mensch öffnet sich mir sogleich, doch er!!!

Nigel   Weshalb bloss bin ich hergekommen?! Ich bin so blöd. Gehe diesem Unmensch ständig auf den Leim. Soll er mich am Arsch lecken!

Harold   Soll er mich am Arsch lecken!

Zögerlicher und harzender Dialogansatz

Harold   Was grinst du hohler Schädel mir zu?! Ich darf wohl bemerken, dass Politik nicht mein Ding ist. Ich bin kein Politiker.

Nigel   „Politik ist nicht mein Ding" – und damit ist es erledigt? Um Politik kümmerst du dich noch immer. Als Polemiker!

Harold	Erfinde du, mein lieber Herr Sohn, mein Leben neu und erkläre mir, wie und weshalb alles so gekommen ist, wie es gekommen ist.
Nigel	Weisst du, was ich jetzt am liebsten täte?
Harold	Ja? Was? Sag schon?
Nigel	Ach, nichts.
Harold	Los, los.
Nigel	Vergiss es. Ich habe nichts gesagt.
Harold	Das hat man gerne! Andeutungen und dann …
Nigel	Dein Sohn ist ein kleines Arschloch. Komm, saufen wir!
Harold	Auf Vita!
Nigel	Auf Mami?
Harold	Was ist?
Nigel	Wenn Mami jetzt vom Himmel runterschaut und sieht, wie wir uns lachend zuprosten, auf ihr Wohl trinken, dann müsste sie annehmen, wie herrlich, Vater und Sohn, was für ein schönes Paar. Sie würde frohlocken, endlich erkennen sie, wie ähnlich sie sind und wie ähnlich sie ticken.
Harold	Was wäre so falsch daran?! Dabei möchte mein sauberer Herr Sohn nichts sehnlicher, als seinem Alten endlich einmal die Leviten zu lesen.
Nigel	Wie kommst du darauf?
Harold	Durchblick.
Nigel	Scheiss-Idylle.
Harold	Die Idylle. Bei diesem Wort vergeht einem das Lachen.
Nigel	Weshalb eigentlich?

Monologisieren an der Rampe

Harold	Dieser Blick. Dieser Blick! Für einen Moment vergesse ich mich und ihn. Sehe bloss den Mann, Den so hübschen Mann.
Nigel	Ich hatte diesen Tagtraum, dass er und ich alleine auf einer Reise sind, in einem Hotel übernachten. Gemeinsam in einem Zimmer. Er in der Nacht, während ich wachliege, zu mir unter die Decke schlüpft und … Bei dieser Vorstellung schauderte mich. Doch diese Vorstellung war immer wieder von neuem da. Die verzweifelte Sehnsucht des nach Anerkennung und Liebe lechzenden Heranwachsenden, den Hass endlich zu begraben. Überflutet von diesem Vorstellungsschwall kann ich ihn nicht ansehen, sonst …
Harold	Objektiv ist er ein toller Kerl. Zugegeben, ich hatte mir etwas anderes unter meinem Sohn vorgestellt. Doch die eigenen Vorstellungen – na ja! Der Zufall, das Schicksal beschert einem Tatsächliches, das jede Vorstellung in den Schatten stellt und ich, ich bringe die Worte nicht über meine Lippen, Nigel, du bist ein toller Kerl. Ich bin so stolz auf dich?
Nigel	Beni hat zwar gesagt, Papa ist tapfer. Hat er bloss gesagt, vermute ich, um mich eher zu einem Besuch bei Papa bewegen zu können. Papa heulend vorzufinden – ich müsste fliehen. Papa zeigt keine Gefühle. Strahlemann in jeder Situation. Gefühlskalt. Kalt wie Eis. Nein, zynisch. Oder ironisch. Doch das ist seine Masche. Beni sagte neulich, ich weiss nicht,

was du hast. Ihn hassen? Er gibt sich so wahnsinnig tough, doch du kannst ihn wie nichts um den Finger wickeln. Dann gibt er dir alles, was du brauchst. Ich will überhaupt nicht alles. Ich möchte bloss, dass er einmal über seine Lippen bringt, Nigel, du bist ein toller Kerl, ich bin stolz auf dich.

Zögerlicher und harzender Dialogansatz

Harold	Scheiss auf Idyllen! Barock und Biedermeier! Wir wollen endlich offen zu einander sein. Schliesslich sind wir erwachsene Männer! Nigel, mein Lieber, du musst deinen Alten so nehmen, wie er ist. Er ist zu verknöchert, als dass er sich noch ändern könnte. Und in Idyllen hat er noch nie reingepasst.
Nigel	Die Flasche ist leer.
Harold	Hilfe, mein Sohn säuft mich zu armen Tagen! Dummkopf, im Schrank ist ein Vorrat. Oder ist etwa keine mehr da, dann müssten wir in den Keller steigen.
Nigel	Doch, doch, da ist noch eine, sind zwei. Zwei Flaschen sind noch da.
Harold	Nun kennst du mein Geheimnis.
Nigel	Geheimnis?
Harold	Der heimliche Trinker. Stört es dich, wenn ich meine Füsse auf den Tisch halte.
Nigel	Tu dir keinen Zwang an.
Harold	Vita fand es so gewöhnlich. Bloss gewöhnliche Leute legen ihre Flossen auf Tische.
Nigel	Habt ihr euch oft gestritten?

Harold	Hast du uns je streiten gehört? Verdächtig sind mir die Beziehungen, wo immer alles strahlend, schön, idyllisch scheint. Streitet du und Nora euch nie?
Nigel	Nie! – Wir hatten gerade unsere erste echte Krise.
Harold	Ernsthaft?
Nigel	Keine Sorge, sie ist vorüber.
Harold	Die Vorstellung, dass etwas auseinander geht …
Nigel	Geht mir ebenso

Monologisieren an der Rampe

Nigel	Hinter dem Zyniker-Ironiker lauert der sensible Mensch. Er hat bestimmt bemerkt, wie schwer es mir jetzt, so kurz nach der Krise, fällt, darüber zu sprechen. Hat nicht im geringsten versucht, mich auszuquetschen.
Harold	Er hat mir echt einen Schrecken eingejagt. Schon nur wegen Sami müssen Nigel und Nora zusammen bleiben. Ja, ja, ja, ich sorge mich um ihn. Er ist zwar ein ausgewachsenes Mannsbild und stellt, nehme ich mal an, seinen Mann, wird sich auch zu behaupten wissen, doch er ist ein Träumer, ein Phantast – und könnte durchaus mit der Wirklichkeit zusammenprallen, abstürzen und eine harte Landung auf seinem Arsch machen. Ich traue ihm zu wenig zu. Vita hatte immer gesagt, Nigel macht seinen Weg.
Nigel	Seltsam, als ich herkam, hatte ich ihn noch gehasst und war trotzig, doch selbstsicher auf

ihn zugegangen. Jetzt, wo wir zusammen normal reden können, klopft mein Herz wie wild und ich ringe um die richtigen Worte.

Harold

Ach, wenn ich mir überlege, was an Wissen ich alles verschlungen habe, begierig, es an meine Söhne weiterzugeben, und nun erleben muss, wie nebensächlich meine Erfahrungen für sie sind! Sie leben in ihrer Welt. Was einmal war, bewegt sie nicht. Beni ist ein fröhlicher Tunichtgut, der ständig vorwärts stolpert, aber immer am richtigen Ort landet. Und Nigel, der Träumer, in dessen Universum einzudringen unmöglich ist. Und ich stehe da mit meinen Erfahrungen. Unzähligen Erfahrungen. Guten und schlechten Erfahrungen. Und ich alleine bin fasziniert davon, staune darüber, was ich alles angezettelt und überlebt habe, doch kein Schwein interessiert sich dafür. Der Rest ist Schweigen. Doch dieser Rest tut so unendlich gut. Auf dem Sofa rumzufläzen und mit dem Sohn, dem Dummkopf, saufen, was das Zeugs hält.

Nigel

Während ich sehe, wie er auf dem Sofa rumfläzt, wie er Whisky in sich reinschüttet, wie er über sein Leben und sich ironische Sprüche reisst, wie er ausgebeulte Jeans lässig trägt, wie er spitzbübisch grinst und ohne Wenn und Aber ein Strahlemann ist ohne Alter und Allüren, dann wünsche ich mir, dass ich mit Sechzig noch genau so heiter und gelassen sein kann wie Papa heute. Es macht schon Spass und ist entspannend, dann und wann mal Dummkopf zu sein und gegen jegliche Vernunft zu saufen, was das Zeugs hält.

Dialog

Nigel	Prost, Papa.
Harold	Prost, mein lieber Nigel. Du bist ein toller Kerl. Ich bin stolz auf dich.
Nigel	Papa, ich vermute, du hast zuviel erwischt. So schrecklich sentimental.
Harold	Ich gebe mir jede erdenkliche Mühe, diese Worte natürlich rüberzubringen, und du wagst es, mir Sentimentalität vorzuwerfen.
Nigel	Na, gegeben der Fall, ich würde zur dir sagen: Du bist ein toller Kerl. Ich bin stolz auf dich.
Harold	Ich würde strahlen wie ein Maikäfer. Schon bloss, um dir zu beweisen, dass mir Sentimentalitäten nichts anhaben können.
Nigel	Mir scheint, du hast mir etwas voraus.
Harold	Na klar. Die Prostata. Entschuldige, ich muss pissen gehen. Junge, Junge, mach dich gefasst auf deine alten Tage, wenn die Prostata sich meldet.
Nigel	Idiot! Es ist echt lässig, einen Papa wie dich zu haben.

Achtes Bild

Nigel (30), Harold (60), Nigel (3)

Haus von Vita und Harold, Vitas Arbeitszimmer.Mitten in der Nacht. Nigel (30) betritt das Zimmer. Er trägt seinen Spielzeughund mit sich herum. Er durchsucht bei dürftigem Licht einen Schreibtisch. Öffnet alle Schubladen und Türen. Dann entdeckt er ein Geheimfach. Wenn man den – vermeintlichen – Zwischenboden einer Schublade hochhebt, befindet sich ein geheimes Fach. In dem Fach befindet sich ein Manuskript. Nigel ist fasziniert, neugierig, gespannt. Er beginnt begierig und hastig zu lesen. Er ist amüsiert, blättert das Manuskript durch, überfliegt grinsend den Text, bis er plötzlich stutzt. Sein Gesichtsausdruck verändert sich.

Nigel   (*wütend*) Das Schwein! Der Lügner!
                 Elender Lügner!

Nigel steht auf, geht umher. Stösst etwas an, das zu Boden fällt mit grossem Lärm. Nigel erschrickt und ist spontan im Begriff alles wieder so herzurichten, wie er es angetroffen hatte. Horcht in die Stille hinein. Erkennt, dass nichts geschieht. Widmet sich wieder dem Manuskript. Taucht mit Leib und Seele ins Manuskript ein. Hört nicht, nimmt nicht wahr, dass Harold sich barfuss nähert. Kaum erblickt Harold Nigel, wird er sichtlich wütend.

Harold   Was fällt dir ein?! In IHR Allerheiligstes
                 einzudringen! - Entschuldige! Selbstverständ-
                 lich darfst du. Und kannst. Irgendwie bin ich
                 noch beduselt vom Schlaf. Dem Traum, den ich
                 hatte. Vita war da und … Was versteckst du
                 vor mir? Dummer Junge, brauchst vor mir
                 nichts zu verstecken. Ein Manuskript. Von
                 Vita. Vermute ich richtig, dass dieses
                 Manuskript sich in diesem … Du, ich hatte
                 nicht gewusst, dass Vitas Schreibtisch ein

Geheimfach hat. Ein Manuskript im Geheimfach? Kluger Junge, ich wäre nie auf das Geheimfach gestossen, hätte es nie vermutet, niemals entdeckt. „Die Flucht – herrliche Tage! Bericht von Vita …"

Nigel (3) taucht mit seinem Spielzeughund und schallend-wiederhallendem Gelächter im Blickfeld von Harold auf, was diesen zusammenzucken lässt. Nigel (30) starrt Harold böse an und sieht, wie dieser zusammenzuckt.

Nigel	Peinlich?
Harold	Spontan plätschert aus mir raus, wie soll mir ein „Bericht" peinlich sein, den zu lesen ich noch nicht die Gelegenheit hatte?!
Nigel	Du bist zusammengezuckt.
Harold	Bin ich das?
Nigel	Du weisst genau, was Mami in diesem Bericht schreibt.
Harold	Geschlagen. Ich bin durchschaut. Mein Sohn, … Was ist, fremdest du wieder? Okay, ich hatte nichts von einem solchen Manuskript gewusst. Kein Sterbenswörtchen hat sie darüber verlauten lassen, dass sie ausgerechnet diese Geschichte in einem „Bericht" festhält. Nun schau mich nicht so entgeistert an. Dein Alter ist tatsächlich alt. Das Alter steht dafür, dass man so einige Erlebnisse, schöne und weniger schöne, auf dem Buckel hat. Nicht alle Erlebnisse hat man selber ausgewählt. Nicht auf alle Erlebnisse und Ereignisse ist man stolz. Du hast es geschafft, ausgerechnet ein Dokument auszugraben, das – so nehme ich an

– den demütigendsten Moment in meinem Leben festhält, womöglich schriftstellerisch aufgebauscht zu einer herzberührenden Schnulze. Vita hat die Gabe, starke Frauen zu schildern. Das Korrelat dazu sind die schwachen Männer. Sie hat es nicht absichtlich getan. Sie hat nicht einmal bemerkt, dass die Männer in ihren Romanen wie Hanswurste und Hampelmänner daherkommen. Sie war immer so beseelt gewesen von ihren, wie sie es nannte, starken Weibern. Und jetzt, ich kann es mir plastisch vorstellen, bin ich die Zielscheibe ihrer ungewollten Agressionen gegen Männer und werde wohl als Schwächling und als Versager dargestellt. Ist es nicht schrecklich, dass ich heute, über fünfundzwanzig Jahre danach, in diese jämmerliche Pose zurückverfalle. Das ist alles längst vorbei. Kein Schwein interessiert sich mehr dafür. Man sollte dieses Manuskript zerreissen. In kleinste Fetzen zerreissen. Die Fetzen ins Feuer werfen, damit das Wissen um diese jämmerliche Geschichte zu Asche und vom lauen Wind spurlos weggeblasen wird. Ihr seid so schrecklich geil darauf, süffige Geschichten auszugraben und fühlt euch dann so heldenhaft, wenn ihr ausrufen könnt, so toll trieben es die alten Römer!

| Nigel | Gib her! |
| Harold | Rechtlich gesehen sind du, ich und Beni Vitas Erben und müssen gemeinsam entscheiden, was mit ihrem Nachlass geschieht. Ausser sie hätte mich zum Verwalter ihres literarischen |

	Nachlasses bestimmt. Dann könnte ich über das Manuskript alleine verfügen.
Nigel	Das könnte dir so passen! (*er entreisst Harold das Manuskript*)
Harold	Was fällt dir ein?! Jetzt mach mal halblang. Diese läppische Geschichte ist längst vorbei. Und ich bin froh, dass sie vorbei ist. Und ich will nicht, dass sie wieder aufersteht. Ich brauche mich bloss zu erinnern, wie mich damals Lizzy von Hoogstraal, die Mutter von Tante Violet – erinnerst du dich überhaupt an Tante Violet, und Onkel Denys? –, mich zu sich zitiert hatte … Fällt euch Jungen nichts Gescheiteres ein, als vermeintliche Dreckwäsche von uns mit Moralin reinwaschen zu wollen?! Diese Geschichte ist läppisch! Wie ich bei Oliva von Hoogstraal vortraben musste. Wie ein Idiot stand ich da. Winselnd wie ein Hund.

Neuntes Bild

Harold (30), Denys, Lizzy, Nigel (3)

Salon von Lizzy. Denys steht wartend da. Harold eilt herbei, Strahlemann und fröhlich wie immer.

Harold	Wartest du schon lange? Lizzy pfeift und wir tanzen an. Ich dachte, es geht um etwas betreffend den Wahlkampf. Sie will mich

tadeln wegen meiner Störung ihres Auftritts in der Kunsthalle.

Denys   Ja. Vermutlich geht es um das Verschwinden von Violet.

Harold   Violet ist weg?! Was habe ich damit zu tun? Der Butler, der mich hinbeordert hat, liess kein Sterbenswörtchen darüber verlauten, worum es gehen könnte. Wart, jetzt, wo du sagst, Violet ist weg. Womöglich ist auch Vita weg. Du musst verstehen, wir haben getrennte Schlafzimmer.

Denys   Ja.

Harold   Da bekomme ich nicht mit, ob sie zuhause ist oder nicht. Seit wann, sagst du, ist Violet weg?

Denys   Gestern Nacht.

Harold   Gestern Nacht. Ich frühstückte alleine. Dann kam Nigel. Stimmt, Vita zeigte sich nicht. Gut möglich, dass auch sie weg ist. Diese verflixten Weiber! Du denkst, Violet und Vita sind gemeinsam weg?

Denys   Ich denke nichts. Violet und ihre Mama haben, wie du weisst, nicht das beste Verhältnis. Mein Verhältnis zu Lizzy ist unproblematisch. Ich denke, Lizzy will Klarheit haben.

Harold   Klarheit?

Denys   Ja, Klarheit.

Harold   Der Verbleib von Violet ist ihr wichtiger als der Wahlkampf. Entschuldige, ich bin etwas verwirrt. Ich hatte mir nicht überlegt, dass … Violet und Vita.

Denys   Warten wir ab, was Lizzy uns zu berichten hat.

Harold   Ja, warten wir ab. Hat Violet dir ihr Verschwinden angekündigt?

Denys	Es wird Thema sein, sobald Lizzy kommt.
Harold	Ja, sobald Lizzy kommt.
Denys	Sie wird gleich kommen. Gleich schlägt die Uhr.
Harold	Ja, auf sie ist Verlass. Ich meine, auf die Uhr, Quatsch, selbstverständlich auf Lizzy. Sie ist immer pünktlich.
Denys	Ja.

Lizzy schwebt hinein.

Lizzy	Als perfekte Gastgeberin müsste ich euch fragen, ob ihr eine hübsche Tasse Tee möchtet. Ich jedoch benötige einen Schnaps. Bedient euch, ihr Herren! Prost. Unseren Wahlkampf lassen wir für den Moment draussen, nicht wahr, Harold? Mir liegt es nicht, um den heissen Brei herum zu reden. Ich muss wissen, was läuft.
Denys	Ach, es ist alles bestens. Violet war so lieb und besorgte mir für gestern Abend eine Karte für das Mozart Requiem im Symphonie-Palast. Fabelhaft. Als ich nach dem Konzert nach Hause kam, war sie nicht da. Ich fand diesen Brief hier. Sie schreibt, ja, lies ruhig. Sie schreibt, dass sie mich zu sehr liebt und etwas Distanz benötigt.
Harold	Vita erwähnt sie nicht?
Denys	Nein.
Lizzy	Obligationen wurden zurückbezahlt. Nun muss ich wissen, ob ich mein Geld neu anlegen soll oder …
Denys	(*lachend*) Ich Gelddingen bin ich eine Niete.

Lizzy	Kunststück, ich finanziere euren Haushalt.
Denys	Wofür wir dir unendlich dankbar sind.
Lizzy	Hubert hat mir soeben berichtet, dass Violet und Vita ihn neulich gebeten hätten, ihnen ein Haus auf Paros zu vermitteln.
Harold	Ein Haus? Auf Paros?
Lizzy	Eine Kykladeninsel im Mittelmeer. Vom Kaufpreis her schon eher ein herrschaftliches Landhaus. Verfügt Vita über genügend Geld, um eine Liegenschaft auf Paros zu kaufen?
Harold	Vita und Geld!
Denys	Bestimmt möchte Violet mich mit einem hübschen Häuschen auf Paros überraschen. Ich hatte ihr gesagt, dass Reisen, Hotels und so weiter nicht nach meinem Gusto sind. Bestimmt denkt sie, dass sie mich fürs Reisen rumkriegt mit einem hübschen Häuschen auf Paros.
Lizzy	Soll ich das Liebesnest auf Paros bezahlen oder nicht, das ist hier die Frage? Wir müssen, im Hinblick auf den Wahlkampf, jeglichen Skandal vermeiden. Insbesondere einen schlüpfrigen Skandal. Falls wir eine einleuchtende Erklärung dafür finden, weshalb zwei verheiratete Frauen zusammen auf Paros ein Haus kaufen, bin ich bereit, zu bezahlen. Vor ihrer Flucht hat Violet mich nicht um zusätzliches Geld angegangen. Die Medien stürzen sich auf das private Zeugs, das niemanden etwas angeht. Sie konstruieren einen Skandal, um die Auflagezahlen zu erhöhen, indem sie Empörung und Hohn der Leute anheizen. Für die Leute ist eine Flucht

	von Violet und Vita ein gefundenes Fressen, um im Wahlkampf gegen mich Stimmung zu machen. Wir müssen dem Skandal unbedingt zuvorkommen. Tratsch ist so gewöhnlich! Harold, wie kommen sie mir vor?! Eine kleine Brise und schon haut es sie um. Politik und der Kampf um die Reform des Familienrechts sind kein Honigschlecken. Wenn sie mir meine Position wegschnappen wollen, haben sie noch gehörig dazuzulernen.
Harold	(*schluchzend*) Ich bin Schuld.
Lizzy	Haltung, mein Lieber. Keine Schwäche zeigen!
Harold	(*unter Schluchzen*) Die Wahl kann mir gestohlen bleiben. Ich liebe Vita. Ich liebe Vita! Ich liebe sie. Ihre Flucht ist eine Katastrophe. Sie liebt Violet mehr als mich! Sie hat sich nie etwas aus mir gemacht. Violet ist ihre grosse Liebe.
Lizzy	(*wütend zu Harold*) Schweigen sie! (*zu Denys, der sich entfernen will*) Halt, hiergeblieben! Wir müssen gemeinsam … (*zu Harold*) Sie sind eine öffentliche Person! Sie enttäuschen ihre Wählerinnen und Wähler, die Leute, die Vertrauen in sie setzen.
Denys	Ekelhaft!
Harold	Ich bin schuld. Ich bin schuld. Die Liebe dieser Frauen hat für die breite Öffentlichkeit das Zeugs zum Skandal. Neulich, nachdem wir zusammen geschlafen hatten, klagte sie über ein seltsames Jucken in der Schamgegend. Dieses Jucken verspüre ich ebenfalls. Plötzlich blitzt mir durch den Kopf: Filzläuse! Dieser Typ, dieser Matrose hat mir …
Lizzy	Ein Matrose!

Denys	Ein Matrose!
Lizzy	Wie können sie bloss?! Ein Matrose? Wenn schon, dann bitte in unseren Kreisen. Wo bleibt sonst die Diskretion.
Denys	Er mit einem Mann!!!
Lizzy	(*zu Denys*) Deine Empörung kannst du dir sparen. Du riechst fünfzig Meter gegen den Wind, dass er kein Macho ist. Dass er ab und zu mit Männern rumspielt, nun so. Doch ein gewöhnlicher Typ von der Strasse, bist du von Sinnen?!!! (*lacht*) Sie glauben, dass ihre Frau ihnen davongelaufen ist, weil sie … Er glaubt tatsächlich, sie ist ihm davongelaufen, weil er manchmal mit Männern fickt und Filzläuse nachhause bringt! Dabei treiben die Mädels es zusammen, seit sie wissen, was Menschlein miteinander treiben können.
Denys	Du als Mutter erzählst diese fürchterlichen Geschichten über Violet. Ich bin empört.
Harold	(schluchzend) Liebe sie. Vermisse sie. Ohne sie nicht leben.
Denys	Lizzy, entschuldige bitte meine Offenheit. Deine Anschuldigungen sind unerhört. Wie kann eine Mutter ihre Tochter bloss solcher Ungeheuerlichkeiten beschuldigen. Widerlich! Eine ekelhafte Geschichte! Beweise mir, dass es so ist, wie du sagst. Früher glaube ich es nicht.
Lizzy	Na ja, wo ist deine Violet?! Wo!

Denys beobachtet Harold kopfschüttelnd. Nigel (drei Jahre) taucht mit seinem Spielzeughund und schallend-wiederhallendem Gelächter im Blickfeld von Harold auf, was diesen zusammenzucken lässt.

| Lizzy | Wir müssen rasch handeln, bevor das Gerede losgeht und das Skandalgeschrei durch den Blätterwald hallt. Ihr macht mit, sonst drehe ich dir (zu *Denys gewandt*) den Geldhahn zu. Dann kannst du schauen, wo du mit deinem noblen Lebensstil bleibst. Sie (zu *Harold gewandt*) mache ich im Wahlkampf fertig. Wenn ich als mater dolorosa richtig aufdrehe, haben sie nicht die geringste Chance. – Wir werden eine Pressekonferenz einberufen, heute um Zehn im Savoy. Dort kriegen wir den Saal umsonst. Wir werden sagen, wir wissen von nichts. Und auf dieser Aussage werden wir beharren. Schauen sie mich nicht so entgeistert an. Bevor die Mädels getürmt sind, haben sie bestimmt Virginia in ihr Vertrauen gezogen und ihr angekündigt, dass sie fliehen werden. Virginia ist dicht wie ein Sieb. Die ganze Stadt weiss bereits von der Flucht, darauf nehme ich Gift. Falls die vereinigten Emanzen und Lesben im Schulterschluss mit der linken Presse spitz kriegen, dass ausgerechnet ihre Frau eine lesbische Beziehung eingeht, mit ihrer Freundin Geliebter/Geliebte spielt und auf eine einsame Insel flieht, geht der Shitstorm gegen sie erst richtig los und sie und ihre Liberaldemokraten, ihr seid erledigt. Sie werden sie lynchen und keine Ruhe geben, bis sie winselnd am Boden liegen. Was sie ja ausgezeichnet können. Wie figura zeigt. Dann werden ihre Gegner triumphieren! Ich habe diesen ominösen anonymen Brief bekommen. |

Den selbstverständlich ICH geschrieben habe. Auf meiner Maschine. Erpressung: Wink über die Flucht und das lesbische Verhältnis der beiden, wenn nicht soundso viel bezahlt wird. Wir geben vor, einem allfälligen Skandal zuvorkommen zu müssen. Vorausdenken. Bis um Zehn werden sie wohl ausgeheult haben, oder? Sie sagen alle ihre anderen Termine für heute Nachmittag ab.

Denys   Ich, nicht wahr, ich …

Lizzy   Das wäre das Schönste! Nein, nein, Bürschchen, du kneifst nicht. Brauchst bloss melancholisch dazuhocken. Das reicht. Los, los, ein Flugzeug wartet auf uns! Die Pressekonferenz geht gleich los, in meinem Arbeitszimmer. Ich habe gehört, es sind bereits unzählige Journalisten da und warten auf uns. Los, los! Wir holen die Mädels zurück. Seid ihr schwer von Begriff, wenn wir, mit Vita, jeweils in den Süden reisten, war immer die erste Station der Reise in dieser verwunschenen Pension in den Alpen gewesen. Menschen, die ausbrechen, sind schrecklich sentimental. Darauf könnt ihr Gift nehmen, sie sind genau da, wo ich meine: bei der guten Frau Pöldner in den Alpen. Sobald wir unsere Flüchtigen eingefangen und zurückgebracht haben, gibt's eine zweite Pressekonferenz, um Vier oder etwas später. Es sei alles ein Missverständnis gewesen. Und unser Wahlkampf geht munter weiter. Wer weiss, vielleicht verdrängen sie mich aus dem Amt und werden neuer

Regierungsrat! Dann sind sie der Held des Tages und werden gefeiert werden!

Harold schluchzt von Neuem los. Denys schüttelt sich vor Ekel, hat plötzlich eine Pistole in der Hand, mit der er spielt. Lizzy ist ungeduldig und genervt.

Lizzy   Du stellst nichts Dummes an mit diesem Ding da! Der Krieg ist vorüber. Du bist nicht mehr im Krieg!

Lizzy entwindet Denys die Pistole. Sie giesst beiden die Gläser voll. Sie trinken.

Lizzy   Auf in den Kampf! (*alle drei ab*)

Zehntes Bild

Vita, Violet, Wirtin

Frühstücksraum der Pension in den Alpen. Vita und Violet hüpfen strahlend und beschwingt wie frisch Verliebte hinein und nehmen an dem für sie vorbereiteten Tisch Platz. Sogleich eilt die Wirtin herbei, Haroldt überschwänglich grüssend, um gleich wieder zu verschwinden und die Getränke und Speisen aufzutragen, unter anderem eine Flasche Pink Champagne, eine Platte mit Lachs. Die Wirtin öffnet die Champagnerflasche. Ist die Wirtin ausser Sichtweite, küssen Vita und Violet sich. Umschwirrt die Wirtin sie, halten sie unter dem Tisch Händchen, spielen mit ihren Füssen, wie Verliebte es eben tun. Während dieses stummen Geschehens, ist Motorenlärm eines Flugzeugs zu hören. Die Wirtin horcht auf, rennt sogleich zum Fenster, wird sich dann ihres auffälligen Verhaltens bewusst und kommt verlegen lächelnd zum Tisch zurück. Violet und Vita grimassieren einander zu. Vita macht immer wieder Notizen in ein Notizbuch. Violet und Vita beginnen ihre Unterhaltung erst, als die Wirtin aufgetischt hat und sich entfernt. Die Wirtin vergewissert sich in der Folge diskret, ob alles da ist, nichts fehlt, bringt noch dies und das.

Vita	Bedächtig nehmen wir Abschied von unserem vorigen Leben. Wir lassen hinter uns, was für uns sich in Schall und Rauch verwandeln und bald, bald, spurlos weg sein wird. – Zu kitschig?
Violet	Richtig, mein liebster Nemours.
Vita	Ach, Clève, Prinzessin, hau mir auf meine Finger, wenn ich zu idyllisch schreibe.
Violet	Ja, du schreibst.
Vita	Was ist falsch daran. Ich bin Autorin. – Im Glück zerfliessen die Gedanken und kommen als Zuckerwasser raus. Du hast recht. Ich muss geniessen, nicht schreiben. Es ist zum Verzweifeln.
Violet	Unverbesserliche, du! Iss – und lass für einen Augenblick das Schreiben.
Vita	Ich bin so dumm und glaube, immer jede Gefühlsregung gedanklich ausformulieren und festhalten zu müssen. Mit diesem Füller, echt, macht das Schreiben solchen Spass. Harold hat mich ausgescholten, als er die Rechnung dafür gesehen hat. Er schrie mich an, wir haben kein Geld und du kaufst dir sündhaft teures Zeugs.
Violet	Geld. Harold. Dein Hadji.

Vita	Wenn's um Geld geht, wird mein liebster Hadji zum Spiesser. Dabei ist genügend da.
Violet	Pfeif drauf. Werde, bitte, nicht gewöhnlich!
Vita	Es sagt sich so leicht, doch irgendwie … Stimmt! Er ist dort und wir sind hier. Und bald, bald, weit weg, auf Nimmerwiedersehen! – Sorgenfalten?
Violet	Wo nehmen wir das Geld her, um unseren Traum zu finanzieren?
Vita	Werde nicht gewöhnlich! Irgendwie wird es schon gehen. Wo ein Wille ist, ist auch ein Weg. Ich habe mein Smaragdcollier bei mir. Wir versetzen es.
Violet	Auf Paros?

Die Wirtin verlässt den Raum

Vita	Unterwegs. In einer Grossstadt. – Du hast recht. Wir sind verrückte Hühner! – Ob sie zu Hause unsere Flucht bemerkt haben?
Violet	Das Wegsein schon. Mein Brief, den ich Denys hinterlassen habe, lässt darüber keinen Zweifel aufkommen.
Vita	Brief?
Violet	Und du?
Vita	Ich bitte dich, Hadji wird merken, dass ich nicht da bin. Er denkt vielleicht, ich bin bei Virginia oder dir oder sonst wo. Dann hat er seine Ruhe. Er macht sich nichts draus, ob ich da bin oder nicht. Jedes lebt sein Leben.
Violet	Der Skandal lodert hinter uns. Es brennt. Und explodiert!

Vita	Echt, an dir ist eine Autorin verloren gegangen. Ich beneide dich so um deine, deine …
Violet	Schlagzeile FRAU DES LIBERALDEMOKRATISCHEN REGIERUNGSRATSKANDIDATEN MITTEN IM WAHLKAMPF MIT GELIEBTER DURCHGEBRANNT!
Vita	Im Ernst, du glaubst, es könnte einen Skandal …?
Violet	Sorgenfalten auf deiner Stirne?
Vita	Dann ist mein liebster Hadji erledigt. Ich meine, wenn … Nein, echt.
Violet	Lass deinen Hadji Hadji sein!
Vita	Du hast gut reden. Dein Denys steht nicht im Rampenlicht wie …
Violet	Du nimmst alles viel zu ernst. Es wird keinen Skandal geben. Beruhige dich. Sorgenfalten weg. Wenn ich dir sage, es ist nichts, es wird nichts sein, wozu dann deine Sorge?
Vita	Migräne?
Violet	Sag mir, dass du mich liebst. Versprich mir, dass du vergisst, was wir hinter und unter uns gelassen haben.

Vita umarmt Violet überschwänglich, versucht, sie zu küssen, doch Violet entzieht sich ihr und verfällt in eine steife Haltung. Vita wird sich bewusst, wo sie sind und setzt sich wieder comme-il-faut hin. Schaut sich genau um.

Vita	Sie ist nicht hier. Zum Glück. Sie wäre entsetzt, wenn sie wüsste …

Elftes Bild

Vita, Violet, Wirtin

Frühstücksraum der Pension in den Alpen. Vita und Violet sitzen
plaudernd da und schnabulieren. Die Wirtin steht an der Rampe.
Sie steht unter Schock. Sie bekreuzigt sich ständig.

Wirtin   Ich träume nicht. Ich träume nicht. Sodom und
Gomorrha! Huren! Abschaum, Otterngezücht!
Ekelhaft! Und uns, uns arme Leute benutzen
sie für ihre Perversionen. – Rosa, beruhige dich.
Wenn ein Herr Direktor mit seiner Sekretärin
kommt oder ein Herr Senator mit seinem
Chauffeur, drückt man beide Augen fest zu
und verdoppelt den Preis. Hält erst noch, mit
verschwörerischem Grinsen die hohle Hand
hin. Setzt eine Unschuldsmiene auf und
beteuert hoch und heilig, nichts gesehen zu
haben. – Wo ist Schorsch? Immer, wenn man
ihn braucht, ist er nicht hier. Schorsch!
Schorsch! Ist nicht hier. – Gehe ich, nichts
ahnend, nach oben, um die Fenster zu öffnen,
zu lüften und das Zimmermädchen
anzuweisen, die Zimmer der beiden „Damen"
dranzunehmen. Zimmer 205 und 207. Das
Zimmermädchen ist noch einen Stock höher
beschäftigt. – Ich kenne die beiden „Damen"
seit sie so klein waren. Als sie noch Mädchen
waren, kleine Mädchen. Immer bloss eine
Nacht in meinem Haus. Mit der Mutter der
einen Dame. Lizzy von Hoogstraal. Einmal

fasste ich mir ein Herz und fragte Frau von Hoogstraal, als sie bereits diese berühmte Politikerin war, weshalb sie immer hier absteigt und nicht am Nachbarort, wo sich immerhin ein Grand-Hotel befindet, das ihrem Stand und ihrer Position viel eher entspricht als mein bescheidenes Haus. Und Frau von Hoogstraal fasste mich an beiden Händen, sah in meine Augen und sprach, wenn sie, gute Frau Pöldner, mir versprechen, dass sie dort sein werden, um uns zu umsorgen, dann sofort! Klar, ich sorge mich um meine Gäste. Meine Gäste sind meine Kinder. Meine Sorge mag zum Teil begründen, weshalb die noblen Herrschaften in meinem bescheidenen Haus absteigen. Sauber ist es bei mir. Sehr sauber. Ich kümmere mich selber um alles. Im Grand-Hotel, also, da munkelt man, dass die Bettwäsche - . Ich weiss nichts Genaues. Ich verkehre nicht dort. Die Übernachtung für diese jeweils recht grosse Gesellschaft bei mir kostet einen Bruchteil von dem, was es im Grand-Hotel kosten würde. Frau von Hoostraat, so lieb und sympathisch sie ist, die Rechnung hat sie immer sehr genau kontrolliert. Sobald ihr etwas zu teuer erschien, reklamierte und handelte, weil sie Stammgast sei, einen Rabatt aus. Nun, man kann nicht so sein. Und ich denke, die einfachen Leute, die hier sonst verkehren, die Vertreter und so, mit ihnen hat diese Dame keinen Kontakt. Sie werden nie erfahren, dass sie Sonderbedingungen hat. Und dem

Zimmermädchen, dem Hausdiener und den Kellnern drückte die noble Dame ein mickriges Trinkgeld in die Hand und sagte pompös, als ob sie namhafte Beträge verteilte, huldvoll lächelnd, das ist für sie! Schorsch sagt, sie ist eine berühmteste Politikerin! Bei mir geniesst sie die notwendige Diskretion. Hier kann sie sich selber sein. – Nehmen die beiden sauberen „Damen" diesmal zwei Zimmer. Ich denke mir nichts dabei. Das Übliche. Schaue nach. Mir stockt der Atem. Mir wird richtiggehend schwindelig. Ich denke, es darf nicht sein. Die Betten im 205 unberührt. Im 206 EIN Bett unberührt. Das andere zerwühlt. Zerwühlt, wie es nie ist, wenn jemand anständig drin schläft. – Wo Schorsch bloss bleibt? Schorsch! Schorsch! – Eine so anständige Mutter und ein solche Schlampe als Tochter. Einmal, nachdem Schorsch mir gesagt hatte, was für eine prominente Politikerin sie ist, sprach ich sie darauf an. Ohne mit der Wimper zu zucken sagte sie, Irrtum. Die Politikerin trage zufällig den gleichen Namen. Ich spielte das Theater mit. – Diese Mädchen! Heilige Madonna, ich mache mich zur Komplizin dieser sauberen Damen! Ich schäme mich. Weshalb ausgerechnet in meinem Haus. Wenn es auffliegt, kommt mein Hotel in Verruf ... Eva, diese Schlange, hatte einmal gesagt, wenn man dem Herrn Redaktor einen heissen Tipp gibt, verdient man sich eine Prämie. Die sauberen Damen haben die Rechnung ohne die Wirtin gemacht. Schorsch soll zum Redaktor laufen,

bevor es zu spät ist. Dann teilen wir uns die
Prämie, Schorsch und ich. Kein Sterbenswörtchen von Schorsch dem Herrn Redaktor
gegenüber, dass er den Tipp von mir hat. Er
soll sagen, irgend jemand habe gesagt, dass … -
Wo Schorsch nur bleibt?!

*Vita und Violet werden auf das seltsame Verhalten der Wirtin
aufmerksam, starren unwillkürlich hin. Die Wirtin spürt die Blicke
in ihrem Rücken, wendet sich um und sieht die Beiden sie
anstarren. Sie lächelt säuerlich und voller Rachegelüste zurück,
entschlossen, nun zu handeln. Schrittgetrampel nähert sich.*

Zwölftes Bild

Vita, Violet, Harold, Denys, Lizzy, Wirtin, Nigel (3)

*Frühstücksraum der Pension in den Alpen. Strahlend und
hoheitsvoll stürmt Lizzy, im Schlepptau die beiden Männer, in den
Frühstücksraum. Violet erschrickt, klammert sich an Vita, wirft
sich ihr an die Brust. Vita sieht neugierig gespannt auf die
Ankommenden. Der Wirtin fällt der Kiefer runter. Sie starrt hin.
Lizzy, strahlend überschwänglich, rennt auf die Frauen zu und
umarmt sie. Denys erstarrt zur Salzsäule, ohne die geringste
Regung. Harold wendet sich ab. Seine Rückenansicht verrät
Gemütsbewegung, der Kopf eingezogen, die Schultern zucken
leicht, als ob er weinte.*

Lizzy   Da seid ihr ja, ihr bösen, bösen Mädchen. Habt
               ihr uns einen Schrecken eingejagt! Doch hier,
               ich wusste, dass wir euch hier finden werden,

in eurem Versteck. Dieser traumhafte Ort! Was sollen wir Ärmsten ohne euch anfangen. Wir sind aufgeschmissen. Der Flieger wartet. Wir fliegen gleich zurück. Ihr dürft an der Pressekonferenz nicht fehlen. Ihr braucht nichts zu sagen. Ihr müsst bloss da sein. Da sein für die Medien, für die Wähler. Sie müssen euch, uns sehen, alle zusammen, dass alles in Ordnung ist. So ungezogen, dass ihr ausgerechnet jetzt abgehauen seid! Wo wir euch so dringend brauchen! Was sollen die Leute denken, wenn ihr nicht da seid?! Ihr hättet zumindest sagen können, dass ihr für ein paar Tage abtaucht. Die Leute, die Medien sind ja so geschwätzig. Es kursieren bereits die wildesten Gerüchte. Hubert sagte mir, er habe von irgendeinem Schreiberling von irgendeinem Blättchen gehört, ihr beide hättet euch ein Haus auf Paros gekauft und wolltet euch dort ein Liebesnest einrichten. So ein Witz! Die überschäumende Phantasie von skandallüsternen Schreiberlingen und Leuten! Dieser Schreiberling glaubt im Ernst, ihrer seid so rücksichtlos und lässt eure Ehemänner und eure Kinder einfach so, einer flüchtigen Laune folgend, im Stich. Auf was für hirnverbrannte Ideen diese unseligen Schreiberlinge kommen. Als ich es hörte, musste ich lachen. Ich meine, es ist absurd, nicht wahr. Doch, und das ist jetzt die Herausforderung, Hubert und ich gehen davon aus, dass unsere mündlichen und schriftlichen Berichtigungen bei diesem Schreiberling nichts bewirken. Er wird eure angebliche Flucht morgen als Skandal herumposaunen und SOLCHE Schlagzeilen produzieren, die die Leute empören sollen.

Nigel (drei Jahre) taucht mit seinem Spielzeughund und schallend-wiederhallendem Gelächter im Blickfeld von Harold auf, was diesen zusammenzucken lässt.

Lizzy   Es wird ein schreckliches Getratsche über uns losziehen. Bevor wir uns ärgern, ist es angezeigt, die Sache zu Ende zu denken. In unserem Wahlkampf sind wir darauf angewiesen, in den Medien präsent zu sein. Grundsätzlich wäre es hübsch, im positiven Sinne ausgeschlachtet zu werden. Doch sind die Sinne der Schreiberlinge auf Skandale ausgerichtet. Skandale verkaufen sich besser. Mit Skandalen kann Politik gemacht werden. Bittschön, wir nehmen die Herausforderung an. Zudem erreichen Skandale mehr Menschen als Lobhudeleien. Und so werden wir der Presse, die es darauf abgesehen hat, uns zu verunglimpfen, ein Schnippchen schlagen. Wir werden unsere Pressekonferenz machen, wenn die Druckmaschinen der Boulevardpresse bereits laufen. Ihr Skandalgeschrei wird sich als Zeitungsente erweisen. So, touch wood, werden wir punkten. Wir werden nicht die armen Opfer sein! Wir sind tapfere Krieger!

Lizzy schwingt sich bei den letzten Worten zu einer Siegerinnen-Pose auf. Die Szene gefriert vorerst ein. Die Wirtin tritt an die Rampe und monologisiert. Während sie spricht, ist Vita zusehends stärker und stärker berührt von Harolds Anblick. Sie entwindet sich sanft aus der Starre und den Umklammerungen von Violet. Vita geht langsam und behutsam auf Harold zu. Steht ihm gegenüber. Heulend. Sie fallen sich in die Arme und küssen sich innig. Die Starre der Szene im Hintergrund löst sich auf, als Violet das Handeln von Vita voller Schrecken wahrnimmt und einen Schrei ausstösst. Lizzy schaut kurz hin, um zu sehen, was Violets Gemütsverfassung verursacht. Sie ist mit dem, was sie sieht, zufrieden.

Wirtin   Schorsch! Schorsch! Wo steckt er bloss?! – Jetzt, wo endlich mal etwas geschieht in unserer Wirtsstube. Alle Leute würden sich die Finger abschlecken, wenn sie jetzt hier wären und gaffen könnten! Schorsch, wo bist du? Bestimmt hast du zu viel getrunken. Schläfst deinen Rausch aus. Oder streichst der Nachbarin hinterher. Schorsch, mein armer Schorsch, es ist sinnlos, von dieser Nachbarsfrau fängst du höchstens eine Ohrfeige ein. Oder hat Schorsch einen Schlaganfall und liegt irgendwo, hilflos, tot - ?! Oje, heilige Madonna, lass es vom Himmel blitzen, zum Zeichen, dass meinem geliebten Schorsch nichts zugestossen ist! Heilige Madonna, heilige Madonna, heilige Madonna! Ich brauche meinen Schorsch dringend. Er soll mir die Telefonnummer der Zeitungsredaktion vorsagen. Damit ich sie wählen kann. Wir sind zwar Bergler, doch doof sind wir nicht. Der Herr Redaktor muss schleunigst herkommen. Und Schorsch muss dem Herrn Redaktor klipp und klar sagen, dass wir ihm eine derart ungeheuerliche Sache melden und dass wir uns nicht mit einer läppischen Prämie abspeisen lassen. Eine Stange Geld wollen wir. Sonst lassen wir den Herrn Redaktor nicht ins Haus und nehmen den Bello von der Leine, damit er alle anfällt, die sich dem Haus nähern und durch die Fenster reinschauen wollen. – Schorsch ist ein Nichtsnutz. Er ist faul, er ist bequem, er säuft und er streicht allen Weibern hinterher. Ohne ihn bin ich nichts. Was ist eine Frau schon?! Ein Arbeitstier, und wenn es drauf ankommt, dann heisst es, Alte, wo ist dein Mann? Ja: Wo ist dein Mann? Ich bin wie eine Verrückte im Hause herumgerannt. Habe nach Schorsch gerufen. Raus auf auf die Gasse. Da pralle ich mitten in der Gasse mit dem Redaktor unseres Lokalanzeigers zusammen. Er ist der zerstreute Professor. Eigentlich ist er Rechtsanwalt, also, ein bisschen Winkel-advokat, schon anständig und eine ehrliche Haut, aber eben auch ein bisschen Winkeladvokat. Also, uns hat er beim Verkauf des Hauses in der weiten Matte sehr gut beraten. Und er ist Redaktor des Lokalblättchens. Doch der typische zerstreute Professor, schaut nicht, wohin er rennt und rennt mitten auf der Schoffelgasse in mich rein. Wir knallen richtig zusammen. Und in dem Moment sehe ich meinen Schorsch hinter der Scheune des Kalberbiest rückwärts raustorkeln und, was sehe ich noch, was? Die Nachbarin, die ihm eine scheuert, eine ganz Saftige, mitten auf die Backe! Und der Herr Redaktor schreit, aus dem Weg, Frau Pöldner, aus dem Weg! Die gnädige Frau von Hoogstraal soll mit einem Flieger hier gelandet sein. Bestimmt ist sie im Grand Hôtel. Ich muss sie sehen. Bevor ich papp sagen kann, besteigt er seinen Wagen und startet den Motor. Und Schorsch, dieser Nichtsnutz, trottet daher mit eingezogenem Schwanz. In der Wirtsstube hat sich nichts verändert. Wir stehen da, halten Maulaffen feil. Ja, was sonst soll man tun als abwarten?!

Der Hintergrund kommt wieder in Bewegung, wacht aus der Erstarrung auf.

Lizzy   So, das hätten wir! (*zu Denys*) Ich überlasse euch nach der Pressekonferenz meine Villa in Florenz. Da könnt ihr euch verstecken, bis das Gewitter sich verzogen hat. Oder wollt ihr mitten in den Herd hinein und euch zerzausen lassen?! Sich unsichtbar und gute Miene zum bösen Spiel machen! In Florenz, wo niemand euch kennt.

Violet fasst sich wieder. Gütig lächelnd, wieder ganz Dame, steht sie auf in perfekter Haltung und geht auf Denys zu, der, sich vor seiner Frau ekelnd, zurückschreckt. Violet zwingt ihn, sie anzuschauen.

Violet   Deinen Arm, bitte, mein Ritter ohne Furcht und Tadel. Deinen Arm! Bitte! Wenn wir diese Rolle spielen, dann mit Grandezza. Auf nach Florenz! Der Stadt der Renaissance.

| Lizzy | Wir fliegen zurück über Florenz und lassen euch da raushüpfen. Ihr braucht an der Pressekonferenz nicht dabei zu sein. (*zu Harold*) Ist euch doch recht so, oder? |

Lizzy geht auf die Wirtin zu, umarmt sie.

| Wirtin | Ach! |
| Lizzy | Ja, ja, gute Frau Pöldner: ach! |

Lizzy und Tross will den Ort verlassen.

| Wirtin | Halt, halt, die Rechnung. Und die ganze Bagasch, die noch in den Zimmern ist. |

Dreizehntes Bild

Harold, Lizzy, Nigel (drei Jahre)

In der Stadt. Harold und Lizzy begegnen sich zufällig. Sie bemerken sich gegenseitig, wollen, dem ersten Impuls folgend, sich gegenseitig ignorieren, gehen dann aber mit der gespielt überschwänglichen Herzlichkeit aufeinander zu, Menschen, die es gewohnt sind, sich ins Rampenlicht zu bringen und für ein Publikum eine Schau abzuziehen.

Lizzy	Ach wie schön, dass wir uns zufällig hier über den Weg laufen!
Harold	Gut siehst du aus.
Lizzy	Wie geht es dir?
Harold	Blendend. Und wie geht es dir?

Lizzy	Blendend. Zuhause alles im grünen Bereich?
Harold	Klar. Und bei dir?
Lizzy	Alles bestens.
Harold	Fabelhaft!
Lizzy	Ja, fabelhaft. Ekelhaft, immer für ein Publikum eine Schau abziehen zu müssen.
Harold	In wie vielen Zeitungen werden wir morgen lesen können, dass die rote Baronin und der Strahlemann der Nation sich auf der Freiheitsallee begegnet sind?
Lizzy	Mich haben die Leute längst vergessen.
Harold	Ach wo! Keineswegs. Seit du die Wahl verloren hast, bist du die grosse Märtyrerin. Und auf mir, dem unerfahrenen Regierungsrat mit dem von dir geerbten Rucksack der vermaledeiten Familienrechtsreform, beginnen sie rumzuhacken.
Lizzy	Wirf mir bloss nicht vor, ich hätte dich nicht davor gewarnt! Rechts, dort hinten – bitte, nicht hinsehen! – steht der Inlandredaktor des Weltspiegels. Zückt seine Kamera. Was habe ich gesagt, nirgends bist du sicher vor Beobachtung. Komm.

Sie gehen ein paar Schritte und betreten eine Bar.

Harold	Dorthin.
Lizzy	Hier zumindest haben wir unsere Ruhe. Einen Chivas Regal, bitte.
Harold	Auch für mich.
Lizzy	Einen Doppelten.

Harold	Gute Idee! Auch für mich einen Doppelten! – Ich staune, du hast scheinbar deinen Humor nicht verloren.
Lizzy	Sollte ich ihn verloren haben?!
Harold	Du bist fein raus. Jetzt kann ich mich mit dem von dir angerichteten Schlamassel herumschlagen!
Lizzy	Harold, wir können offen miteinander reden. Ich begreife auch, dass du davon ausgehst, ich sei an allem Schuld.
Harold	Nicht an allem. Die Wahl habe ich gewonnen. Ich meine, es ist so absurd. Da ist der Skandal. Ich werde von allen Seiten beschossen. Und zum Schluss gewählt. Als Neuling. Verdränge dich, die Ikone.
Lizzy	Ja.
Harold	Hart, eine solche Niederlage einstecken zu müssen.
Lizzy	Wie figura zeigt, ich habe überlebt. Und nicht einmal schlecht.
Harold	Weil du dir unbedingt nicht eingestehen willst oder kannst, dass dein Beliebtheitsgrad auf Unternull gesunken ist.
Lizzy	Harold, was bringt es, wenn wir uns jetzt, wo wir uns zum ersten Mal zufällig über den Weg laufen nach allem, was geschehen ist, uns bloss gegenseitig beleidigen?!
Harold	Unerhört die Baustelle, die du mir auf deinem Amt hinterlassen hast! Glaub der Teufel wohl, dass du jetzt unbeschwert feiern kannst! Ich würde mich schämen, eine solche Situation heraufbeschworen und meinem Nachfolger hinterlassen zu haben!

Lizzy schaut vorsichtig um sich, um zu vergewissern, dass keine Zuhörer da sind.

Lizzy   Bürschchen, so nicht! Nicht mit mir! Alle Parteien, von den Liberdemokraten bis hin zu meinen Linken, wollen die Reform des Familienrechts zu Fall bringen. Das ist der Skandal! Meine Partei, die Linken, haben zwar gegen aussen hin immer behauptet, geschlossen hinter meiner Reform zu stehen. Hintenrum aber liessen sie nichts unversucht, um mir Felsbrocken in den Weg zu legen und mich zu blockieren. Meine Linken haben trotz des Lippenbekenntnisses für die Reform alles unternommen, um sie zu sabotieren und den Liberaldemokraten so zu helfen. Die Liberaldemokraten, im Bewusstsein, wie populär die Familienreform bei der Bevölkerung ist, heckten den genialen Plan aus, sich ein unbeschriebenes Blatt, einen Freidenker zu angeln, um mich aus dem Amt zu kippen. Das kam meinen Linken gelegen. Nur rechneten die Liberaldemokraten damit, dass sie mit dir als Gegenkandidat bei den Wahlen keine Chancen hätten und ich als Linke dazu verdammt sein würde, die Suppe mit der Reform auszulöffeln. Niemand hatte damit gerechnet, dass du gewählt wirst. Mit glanzvollem Resultat bist du trotz des von Violet und Vita während des Wahlkampfs angezettelten Skandals gewählt worden. Weshalb müssen alle Weichlinge und harten

	Kerle in weichen Anwandlungen sich an meinen grossen Busen flüchten und mir ihr zartes Herzchen ausschütten?! Ich bin keine Übermama und kein Auffanggefäss für überflüssige Tränen.
Harold	Meine Wahl das ungewollte Resultat einer gemeinen Intrige?!!!
Lizzy	Schwamm drüber! Politik ist Politik! – Kannst du mir garantieren, dass deine Vita endlich ihre Finger lässt von meiner Violet?!
Harold	Das ist ja schrecklich! – Vita? Sie hat eine neue Flamme.
Lizzy	Dann lässt sie meine Violet endlich in Ruhe.
Harold	Was heisst hier „in Ruhe lassen"?! Seit der Flucht ist Violet für Vita tabu. Man darf in Vitas Gegenwart Violet nicht mehr erwähnen. Die Episode dieser blöden Flucht ist aus ihrem Leben gestrichen. Darüber hängt der Vorhang des Schweigens. Sie erzählt kein Sterbenswörtchen davon.
Lizzy	Können wir gespannt darauf sein, was sie darüber schreibt. In ihrem nächsten Roman. Der bestimmt ein Bestseller wird.
Harold	Darüber schreibt sie nicht!
Lizzy	Wenn sie es noch einmal wagt, sich Violet zu nähern, dann werde ich mit allen Mitteln für Ruhe und Ordnung sorgen!
Harold	Violet ist die Verführerin. Vita liebt bloss das Abenteuer.
Lizzy	Du glaubst im Ernst, nicht Vita war die treibende Kraft gewesen, aber Violet?
Harold	Für die Verführerin ist es fatal, wenn die Magie nicht mehr wirkt. Deshalb getraut sie sich nicht

mehr nachhause. Deshalb bleibt sie in Florenz und spielt dort, wie man hört, die Königin. Während meine Vita wie wild in der Gegend rumvögelt und schreibt, schreibt und schreibt. Was diese Frau ständig schreiben mag. Na ja, schliesslich ist sie Schriftstellerin. Sie lässt mich in Ruhe. Ich sie. Irgendwie mögen wir uns und haben uns aneinander gewöhnt. Von „grosser Liebe" und „Leidenschaft" hält sie nichts. Strohfeuer ohne Wirkung sagt sie dazu. Mir sagte sie mal, du hast Erbarmen mit den Dummen, entwickelst ein Helfersyndrom, willst belehren, ärgerst dich, dass sie nicht auf dich gewartet haben, sinnst auf Rache und staunst zum Schluss darüber, wie die Welt zusammengeschraubt ist. Wir unterliegen diesem Zyklus Irritation, Wut, Verzweiflung und Ernüchterung, aus der heraus wir mit kühlem Kopf wohlbedacht handeln können.

Lizzy   So habe ich es nie betrachtet.

Harold   Als Spielzeug der Mächtigen den Politiker spielen in Schatten- und Scheingefechten. Ich habe die Nase voll davon!

Lizzy   Gratuliere! Schmeiss das Handtuch und du bist den ganzen Plunder los.

Harold   Ob du es glaubst oder nicht, ich war so naiv gewesen, zu glauben, dass ich – ich Neuling und dummer Tor – die Liberaldemokraten unterwandern und für sie und in ihrem Namen eine linke Politik durchsetzen könne.

Nigel (drei Jahre) taucht mit seinem Spielzeughund und schallend-wiederhallendem Gelächter im Blickfeld von Harold auf. Harold schaut trotzig zu Nigel (drei Jahre) und streckt ihm seine Zunge raus. Lizzy bemerkt es und geht geflissentlich darüber hinweg.

Harold	Wie dumm man sein kann!
Lizzy	Ich kenne meine Tochter nicht. Sie redet nicht mit mir. Woher soll ich wissen, weshalb sie was tut?! Was habe ich falsch gemacht!
Harold	Ich werde sofort meinen Rücktritt aus persönlichen Gründen als Regierungsrat verkünden.
Lizzy	Was soll ich tun?! Ach, soll sie meinetwegen mit ihrem Denys in Florenz bleiben und dort glücklich werden. Um ehrlich zu sein, ich mache mir keine Sorgen um sie. Sie ist selber gross. Ich habe mir nie echt Sorgen um sie gemacht. Vielmehr darum, was die Leute reden.
Harold	Noch einen Chivas Regal? Hätte ich so mit meinen Eltern reden können!
Lizzy	Klar, noch einen! Den letzten. Du, ich habe einen sitzen. Wieviele Gläser haben wir gekippt? – Hätte ich so mit meiner Tochter reden können.
Harold	Du bist eine tolle Frau!
Lizzy	Unterstehe dich, mich anzubaggern!
Harold	(*lachend*) Das hätte ich mir nie träumen lassen! Mich ausgerechnet mit dir zusammen zu besaufen. Und es dabei saugemütlich zu haben.
Lizzy	Gemütlichkeit ist etwas anderes.
Harold	Du musst immer das letzte Wort haben.
Lizzy	Das wollen wir hoffen!

Vierzehntes Bild

Vita, Violet, Harold, Denys, Nigel (drei Jahre)

Flughafen im Ausland, in einer Menschenmenge, wo die beiden Paare sich unabhängig voneinander bewegen. Violet und Denys sind elegant und steif. Vita und Harold kommen exzentrisch daher und streiten sich.

Vita	Lach nicht so blöd. Sei wütend oder schrei mich an, doch unterstehe dich, mich auszulachen! Es ist schon genügend blöd, was mir passiert ist. Jedem kann passieren, dass er seine Handtasche liegen lässt.
Harold	Mir nicht. Keine Handtasche. – Und erst noch mit allen Reiseunterlagen drin! Inklusive Tickets.
Vita	Viel Spass! Herrlich, es mir unter die Nase zu reiben.
Harold	Nachdem du mich beschuldigt hattest, zu wenig sorgfältig mit den Dokumenten umzugehen. Bloss bei dir seien sie sicher.
Vita	Hör auf zu lachen. Du nervst total.
Harold	Entschuldige.
Vita	Damit machst du es nicht besser.
Harold	Tut mir leid, ich …
Vita	„Tut mir leid, ich …" – Du bist ein Hornochse. Hadji, mein Hadji, was machen wir nun?
Harold	Warten.
Vita	Ach, diese Warterei. – Echt, Nigel scheisst du immer gleich zusammen, sobald er Mist baut.

	Mich lachst du aus. Lache Nigel mal so aus, wie mich jetzt! Du nimmst mich nicht ernst.
Harold	Nigel hasst mich.
Vita	Quatsch.
Harold	Beni ist pflegeleicht. Mit ihm kein Problem. Bei Nigel bin ich immer angespannt, auf das Schlimmste gefasst.
Vita	Florierende Pubertät.
Harold	Er hasst mich schon immer.
Vita	Hadji, ach, Hadji, das ist eine leere Behauptung.
Harold	Ja, Mutti.
Vita	Ihr seid euch so ähnlich.
Harold	Sobald er auftaucht, habe ich Schiss, dass er mich anschreit, beschimpft oder auf sonst eine Art mir gegenüber ausfällig wird. In mir krampft sich alles zusammen. Ich habe Schiss vor meinem Sohn! Mein Sohn ist mir unheimlich!
Vita	Schisshase!
Harold	Lache mich nicht aus.
Vita	Jetzt ist mir nach auslachen.
Harold	Wehe, Herzallerliebste, du kreierst in deinem nächsten Roman einen Schisshasen, der vor seinem „ach so niedlichen Sohn" in die Hose scheisst.
Vita	Dass Hasen Hosen tragen, in die sie reinscheissen können, ist mir neu.
Harold	Der Osterhase.
Vita	Der Osterhase drückt und drückt und drückt. Sobald die Bescherung in der Hose ist, guckt er aufschnaufend und erleichtert in die Runde und seufzt verzückt, draussen ist's!

Harold	Du bist geschmacklos.
Vita	Irrtum! Ich bin Autorin. Eine berühmte Autorin. Die berühmteste …

Vita lacht. Harold entdeckt Violet und Denys, zupft Vita an einem Ärmel und macht sie auf die Beiden aufmerksam. Vita will Harold wegziehen. In dem Moment entdecken auch Violet und Denys Vita und Harold. Die Männer nähern sich einander, Denys steif und emotionslos, Harold fröhlich neugierig. Vita will spontan auf Violet zugehen. Diese wirft ihr jedoch einen eisigen Blick zu, der Vitas Impuls stoppt. Violet starrt ungerührt in die Ferne, schielt bloss dann und wann zu Vita hin. Vita sucht, von Emotionen überwältigt, Violets Blick aufzufangen. Dies spielt sich ab, während die Männer sich unterhalten. Als Harold, nach einiger Zeit bemerkt, wie Vita mit dieser Begegnung und Violets Abweisung ringt, erlischt seine Fröhlichkeit.

Harold	Wie ist Florenz?
Denys	Selbst in Florenz bekommt man mit, was zu Hause läuft.
Harold	Du sprichst meinen Rücktritt als Regierungsrat nach nur wenigen Tagen an?
Denys	Ich habe nichts Bestimmtes angesprochen.
Harold	Du darfst mich ruhig darauf ansprechen.
Denys	Es steht mir nicht an, deinen Entscheid zu kritisieren.
Harold	Dann brauche ich dir nicht vorzuschwärmen, wie toll es ist, wieder ein freier Mensch zu sein. Doch was kann ich dir darüber berichten?! Du bist ja ein freier Mensch. Viel länger schon als ich.
Denys	Doch nicht aus freien Stücken.

Harold	Werden Offiziere nicht sehr, sehr jung schon aus dem Dienst entlassen?
Denys	Eine Kriegsverletzung.
Harold	Das tut mir leid.
Denys	Es braucht dir nicht leid zu tun. Ich habe meine Pflicht getan.
Harold	Und ich – nein, nein, nicht auf dem Feld, aber in der Politik - entzog mich meiner Pflicht, denkst du?
Denys	Habt ihr neulich im Symphonie-Palast das Mozart-Requiem … ?
Harold	Nein. – Du siehst mich als Drückeberger?
Denys	Ich masse mir nicht an, über Menschen zu urteilen.
Harold	Es gibt durchaus Gründe, weshalb man was tut.
Denys	Gewisse Menschen lieben es, über sich zu reden.
Harold	Man kann sich nicht aus der Mitte nehmen. Was treibst du immer in Florenz?
Denys	Treiben?!
Harold	Ich stelle es mir spannend vor, in Florenz zu leben.

Nigel (drei Jahre) taucht mit seinem Spielzeughund und schallend-wiederhallendem Gelächter im Blickfeld von Harold auf. Harold ist es peinlich, dass Nigel (drei Jahre) auftaucht. Er wehrt ihn ab und versucht, ihn zu ignorieren. Denys schaut stur gerade aus, nimmt den Spuk, der nach einiger Zeit verschwindet, nicht wahr.

Harold	Ach, du denkst, man trägt uns die Geschichte von der Flucht unserer Frauen heute noch nach?

Denys	Das habe ich nicht gesagt!
Harold	Ich kann dich beruhigen. Die Geschichte ist vergessen. Niemand erwähnt sie mehr. Jeder Mensch hat irgendeine Leiche im Keller. Drum, er werfe den ersten Stein, der schuldlos ist.
Denys	Es geht um Anstand.
Harold	Klar. Und um einen pragmatischen Umgang mit den Schwächen.
Denys	Ja, ja, gewisse Leute glauben, mit Nachsicht sei es getan. Den Dreck unter den Teppich wischen.
Harold	Dreck? Humus, fruchtbare Erde.
Denys	Ansichtssache.
Harold	Damit ein Pflänzchen spriesst, wächst und blüht, braucht es fruchtbare Erde, die Fanatiker als Dreck bezeichnen.
Denys	Du bist ein „Paradiesvogel". Der Mensch im Allgemeinen ist anders, ich meine, der durchschnittliche, der anständige Mensch. Jeder vernünftige Mensch meidet Schmutz.
Harold	Was ist Schmutz?! Wenn ich mich bekleckere, dann …
Denys	Der normale Mensch zieht sich zurück und säubert sich.
Harold	Ekel blockiert mich.
Denys	Ihn meiden.
Harold	Sich dem Leben verweigern, um sich bloss nicht zu ekeln zu brauchen. Dabei ist es spannend, den eigenen Ekel über überwinden.
Denys	Violet und ich sind in Eile.

Die Männer gehen zurück zu den Frauen. Die Paare formieren sich wieder, verabschieden sich mit Harolden. Violet und Denys schreiten von dannen.

Harold	PPPhhhhhhuuuu!
Vita	(*aus einem Albtraum aufwachend*) Kneif mich! Ich will nicht träumen!
Harold	Ihr habt kein Wort gewechselt?!
Vita	Nicht alle können so unbeschwert schwatzen wie du!!!
Harold	Ich bin ein unbedarfter Schwätzer?!
Vita	Mist, Mist, Mist! Das Biest ist eine nicht entschärfte Bombe!
Harold	Vita-Liebste, beruhige dich.
Vita	Hadji, mein liebster Hadji, muss das Leben so schrecklich kompliziert sein.
Harold	Du leidest noch immer. Die verflixte Verführerin!
Vita	(*richtet sich auf, gibt sich, als ob nichts gewesen ist und nimmt wieder Haltung an*) Wir gehen zum Schalter zurück. Ich habe eine Idee. Jedes Taxi hat eine Nummer. Wenn wir rasch handeln, ist es bestimmt möglich, die Nummer unseres Taxis zu eruieren und wir wissen, in welchem konkreten Fahrzeug ich meine Handtasche habe liegenlassen.
Harold	(*sich über den plötzlichen Stimmungswechsel wundernd und ihr hinterher gehend*) Ja, klar. Bestimmt. Du hast recht. Wie immer. Gehen wir.

Oh, it's not writing that's the trouble, Sam, it's thought, and it's protecting thought against elegance, wit, style. … How I hate it. … Style's a way of lying. Style's an ornament which hides the architecture. (*He studies the manuscript*) A gorgeous turn of phrase that.

> Peter Ustinov, Photo Finish. An Adventure in Biographie in Three Acts, Heinemann London 1962, S. 67

Dritter Akt

Fünfzehntes Bild

Harold (sechzig Jahre), Nigel (dreissig Jahre), Nigel (drei Jahre)

In Vitas Arbeitszimmer mitten in der Nacht.

Harold   Was fällt dir ein?! Jetzt mach mal halblang. Diese läppische Geschichte ist längst vorbei. Und ich bin froh, dass sie vorbei ist. Und ich will nicht, dass sie wieder aufersteht. Ich brauche mich bloss zu erinnern, wie mich damals Lizzy von Hoogstraal, die Mutter von Tante Violet – erinnerst du dich überhaupt an Tante Violet, und Onkel Denys? –, mich zu sich zitiert hatte … Fällt euch Jungen nichts Gescheiteres ein, als vermeintliche Dreckwäsche von uns mit Moralin reinwaschen zu wollen?! Diese Geschichte ist läppisch! Wie ich bei Oliva de Hoogstraal vortraben musste.

Nigel	Ja, läppische Geschichte!
Harold	Den Strudel, in den wir da geraten sind, wünsche ich nicht einmal meinem ärgsten Feind und auch nicht dir an den Hals. Ich kann dir sagen, da haben wir etwas durchgemacht. Die Medien, die über einen herfallen, die Freunde, die einen verleugnen. Obwohl diese läppische Geschichte nichts, aber auch gar nichts mit meiner Position als Politiker zu tun hatte – du hättest meine damaligen Berater, meine Parteikolleginnen und –kollegen erleben sollten. Dreckig war alles gewesen, saudreckig. Und jeder hat geglaubt, er müsse auch noch seinen Senf dazu geben. Schrecklich. Zum Glück haben wir alles heil überstanden. Doch es ist eine Anmassung von euch, jetzt noch mit Fingern auf uns zu zeigen! Kapiert ihr nicht, dass alles vorbei ist. Uns, Vita und mich, hat diese Geschichte befreit. Sie, Violet und Denys, hat die gleiche Geschichte eingekerkert und sie zu Marionetten einer idyllisch-glamurösen Äusserlichkeit gemacht. Du solltest die beiden einmal sehen. Zum Schreien. Wie Wachsfiguren. Die Geschichte war fatal gewesen. Sie ist begraben und soll begraben bleiben.
Nigel	Erspare dir deine Wut. Diese Geschichte ist mir wurst. Mir kommt es vor, als ob du dich mit dieser Geschichte brüsten wolltest und deine Wut gespielt ist.

Harold	Herr Sohn, lass dir das gesagt sein: du benimmst dich mir, deinem Vater, einem Menschen, gegenüber ungehörig und respektlos.
Nigel	Es geht überhaupt nicht um diese Geschichte. Begreifst du es nicht?!
Harold	Worum soll es sonst gehen?! Vitas Manuskript handelt von dieser Geschichte. breit ausgewalzt, um die Spiesser das Fürchten zu lernen. Was zwei Frauen zusammen treiben können.
Nigel	Mir hängt es aus. Ich bin nicht hergekommen, um mit dir zu streiten. Vorhin war es so friedlich und gut gewesen. Ich mache mich nicht lustig über diese Geschichte von Mami und Tante Violet. Mich berührt seltsam, dass ihr solche Geschichten gehabt habt. Für uns Kinder war ihr – ich weiss auch nicht – asexuelle Wesen. Dabei hat diese Geschichte sich vor unseren Augen abgespielt, ohne dass wir mitbekamen, was tatsächlich gewesen war. Irgendwie bin ich – wenn ich ganz ehrlich bin – ein wenig neidisch auf das, was ihr erlebt habt. Im Vergleich zu euren wilden Geschichten ist unser Bisschen Kiffen und Gruppensex geradezu brav und bürgerlich.
Harold	Was hat dich denn so sehr in die Sätze gebracht, dass du mich angeschrien hast?
Nigel	Ach, nichts.
Harold	Du kneifst.
Nigel	Es hat sich erledigt.
Harold	Hosenscheisser!
Nigel	Was hast du soeben zu mir gesagt?!

| Harold | Hosenscheisser. |

Nigel (drei Jahre) taucht mit seinem Spielzeughund und schallend-wiederhallendem Gelächter im Blickfeld von Harold auf, was diesen zusammenzucken lässt. Nigel (dreissig Jahre) nimmt die Erscheinung ebenfalls wahr und grinst hämisch.

Nigel	Falls du annimmst, ich sei zu klein gewesen und erinnere mich nicht, täuscht du dich gewaltig. Ich erinnere mich haargenau daran. Es hat fürchterlich gestunken!
Harold	Laute Fürze stinken nicht.
Nigel	Unterstehe dich, mich je wieder Hosenscheisser zu nennen. Du hast mich immer für einen Hosenscheisser gehalten. Du hast mir nie etwas zugetraut. Ich habe deine Erwartungen nie erfüllen können. Du hast dich meiner geschämt, weil ich ängstlich, schwach und verträumt war. Spiel dich nie wieder auf mit Mamis wahrer Liebesgeschichte. Du hast Mami immer nur benutzt. Um von dir, von deinen Leichen im Keller abzulenken. Mir ist scheissegal, ob du Matrosen fickst. Du kannst mir gestohlen bleiben.

Nigel ist mit seiner Tirade so sehr in Schwung, dass er sich von den Zwischenbemerkungen Harolds nicht beirren lässt. Harold sucht nach etwas, öffnet verschiedene Behältnisse, bis er eine Flasche und Gläser findet.

| Harold | Mich von ihnen ficken lasse. Das heisst, ficken liess. Tempi passati. |

Nigel	Was echt zum Kotzen ist, darüber verlierst du kein Wort, obwohl genau das erklärungsbedürftig ist. Wenn ich bloss daran denke, dreht sich mir im Magen alles um. Du bist so scheinheilig und verlogen. Gibst dich offen und sozial, spielst dich auf, als ob du der Erfinder des Sozialismus seist. Und dabei bist du für die Liberaldemokraten in der Regierung gesessen. Für dieses verborte, rechtsradikale Gesiff. Pfui!
Harold	Steht das da drin?
Nigel	Ha, da staunst du, wie?!!! Wäre dir viel lieber, wenn alles schön unter dem Deckel gehalten würde, wie!
Harold	Ach wo.
Nigel	Du bist eine jämmerliche Figur. Ich hasse dich!
Harold	(*reicht ihm ein Glas Gin*) Das beruhigt! Ist dir nun wohler?

Nigel schlägt Harold das Glas aus der Hand. Einen Moment lang steht er Harold in aggressiver Haltung gegenüber, so dass unklar ist, ob er nicht gleich losschlagen werde. Dann bricht er resigniert zusammen, beginnt kleinlaut, Tränen unterdrückend, zu sprechen. Harold hebt das Glas, das am Boden liegt, auf, füllt es wieder und reicht es Nigel.

Nigel	Ich hatte so gehofft, ich könnte dich endlich lieben. Zumindest respektieren.
Harold	Du hast recht. Ich spreche nicht gerne darüber. Glaubst du, mir ist es nach all dem, was man heute weiss, nicht peinlich früher einmal für die Liberaldemokraten Hoffnungsträger gewesen zu sein. Klingt beschämend

grossartig: Hoffnungsträger der rechtsradikalen Liberaldemokraten?! Wenn du wüsstest, wenn du wüsstest! Du bist gescheit, überlegt, vorsichtig. Ich war es damals nicht gewesen. Ich war eitel gewesen, geil auf Erfolg und schrecklich naiv. Damals war Lizzy von Hoogstraal, die Mutter von Violet, die berühmteste und mächtigste Politikerin gewesen. Überall bekannt, überall bliebt, obwohl sie, als Aristokratin und Nachfahrin einer der ältesten Familien des Landes, eine Linke war. Sie setzte sich mit allen Mitteln für ein phantastisches Projekt ein. Die Reform des Familienrechts. Die Liberaldemokraten bekämpften diese Reform mit allen Mitteln. Ich war als Journalist damals sehr bekannt, auch für meine nonkonformistischen und wilden Ideen. Da schmeichelte es mir ungemein, dass ausgerechnet die Liberaldemokraten an mich gelangten, um mich als Kandidaten aufzustellen mit dem Auftrag, Lizzy de Hoogstraal, die rote Baronin, aus dem Amt zu verjagen. Ich hatte geglaubt, die Liberaldemokraten subversiv unterwandern zu können. Hatte nicht bemerkt, dass ich ein Spielzeug in einer miesen Strategie und Intrige des gesamten Establishments war. Als ich gewählt war und wusste, dass ich nichts bewirken, vor allem nicht die Reform von Lizzy de Hoogstraal gegen den Willen der Liberaldemokraten durchboxen konnte, erfuhr ich, dass die Liberaldemokraten mich aufgestellt hatten, damit ich mit Sicherheit nicht gewählt würde und Lizzy de Hoogstraal, die Linke, mit ihrer Reform des Familienrechts scheitern müsste, worauf die Liberaldemokraten in populistischer Manier Zeter und Mordio schreien könnten. Sie seien immer für die Reform gewesen, doch die vermaledeiten Linken hätten sie verhindert. Dass ich gewählt wurde, war für die Partei eine Katastrophe, bis sie merkten, dass die Linken unter keinen Umständen wollten, dass die Reform unter einem Liberaldemokraten zu Stande kam und daher alles taten, um die Reform zu verzögern. Als ich Wind von dieser inszenierten Intrige bekam, hatte ich die Nase voll und gab sofort meinen Rücktritt aus persönlichen Gründen bekannt, was wiederum zu einem Skandal aufgebauscht wurde, obwohl es im Interesse aller beteiligten Parteien war. Ich vertrat nie liberaldemokratische Positionen, war aber naiv genug anzunehmen, ein Einzelner mit etwas Mut und Schwung könne ein System aushebeln. So, nun weisst du meine Geschichte, auf die ich keineswegs stolz bin. Ich hatte es über, als Gefangener des Systems Schrott zu produzieren. Auf einer Pfründe zu hocken und wie ein Held in die Welt hinaus zu strahlen. Das System hat seine Soldaten voll im Griff. Fliehen, sich retten. Möglichst eine Distanz wahren, aus der Über- und Durchblick möglich sind. In meiner Nische fühle ich mich seither wohl. Wirke, darauf bin ich stolz, im Kleinen. Besonders stolz bin ich auf dich, mein Sohn, dass auch du deine Schritte wohl bedenkst und dich nicht einspannen lässt. Ich habe es bisher nie geschafft, dir zu gestehen, wie stolz ich in Wahrheit auf dich bin. – Was fällt dir ein, du füllst deinen Vater ab!!!

Nigel   Wie hatte Mami bloss Gin lieben können?!

Harold   Frage nicht mich. Sie hatte einen schrecklichen Geschmack. Schreiben konnte sie, doch ihr Geschmack war immer schrecklich gewesen. – Es muss schrecklich für dich sein, dass Mami so plötzlich weg ist.

Nigel   Du hast sie sehr geliebt.

Harold   Ach, weisst du, wir hatten es gut zusammen. Das Zusammensein mit ihr war immer spannend gewesen. Ob man das Liebe nennt?

Nigel   Fehlt sie dir? – Komm, noch einen Schluck. Einen letzten Schluck. Wollen wir diesen Rest in der Flasche lassen?!

Nigel nimmt ein Notizbuch und einen Füller hervor, begutachtet das Etikett der Gin-Flasche, die sie leeren, kritzelt dann etwas in sein Notizbuch.

Harold   Genau wie ich. Musst immer alles festhalten, für alle Fälle. Genau das wollte ich auch tun.

Auch Harold nimmt Notizbuch und Füller aus der Tasche seines Morgenrocks und notiert sich die Daten vom Etikett der Gin-Flasche.

Nigel   Du hast einen Nakaya Aka Temenuri Füller?!

Harold   Wie kommst du dazu diese Marke von Füller zu kennen?!

Nigel   Der beste Füller der Welt!

Harold	Und sauteuer! Sag bloss, du hast Geld, in deinem Alter, so teures Schreibgerät zu kaufen! Ich warne dich, halte meinen lieben Enkel Sami nicht zu kurz. Er darf nicht zu kurz kommen, weil sein Vater ein Verschwender ist.
Nigel	(*packt seinen Spielzeughund und lacht*) Irgendwie mag ich dich.
Harold	Irgendwie mag ich dich auch.

ENDE